弁当屋さんのおもてなし

しあわせ宅配篇4

喜多みどり

目次

人物紹介

●久万雪緒(くまゆきお)
会社を辞めてすぐに、『くま弁』で配達のアルバイトを始める。

●大上祐輔(おおかみゆうすけ)(ユウ)
弁当屋『くま弁』の店長。
「魔法の弁当」の作り手。

●大上千春(おおかみちはる)
ユウの妻。朗らかで親しみやすい女性。

●柏井福朗(かすいふくろう)
『くま弁』の常連。
雪緒のことが気になっている。

●黒川晃(くろかわあきら)
『くま弁』の常連。誰からも好かれる性格。

●黒川茜(くろかわあかね)
晃の娘で、元ローカルアイドル。
雪緒のよき相談相手。

●熊野鶴吉(くまのつるきち)
『くま弁』の先代店主。開業してから四十年近く『くま弁』を営んできた。

イラスト／イナコ

•第一話• くま弁ポテサラ五十年史

ここはどうも落ち着かない。鶴吉はどてらを羽織った背中を丸めてストーブの前に座り込みながら、そう考えていた。

八畳の和室には、見覚えのある家具が並ぶ。古めかしいちゃぶ台に電話台、木彫りの熊が並ぶ飾り棚。どれも鶴吉が育った長屋や賃貸住宅から持ってきたものだ。

だが、成長の印が刻みつけられた柱はなく、兄が煙草で焦がした畳もない。

鶴吉の実家は精肉店だ。長らく親戚が持っていた古い建物の一階を借りて店をやっていたのだが、ついに最近土地を相続して新しく店を建てた。後を継ぐのは兄と決まっている。

自分が就職して家を出てから建ったこの新しい鉄筋コンクリート造の建物に、鶴吉はどうも馴染めない。

口寂しさに煙草の箱に手を伸ばすが、一緒にポケットに入れていたはずのライターが見つからない。

一本出してくわえながらあちこちのポケットを叩くが、どこにもない。

落としたのかとちゃぶ台の下を覗き込むがそこにもない。

遠くから自分を呼ぶ声を聞きながらしばらく考える。

一昨日来た時にはあった。昨日もあった。

最後に吸ったのは昨夜、兄の部屋でだ。

新しい家に鶴吉の部屋などないので、兄の部屋に布団を敷かせてもらっている。そこで寝る前に一服した記憶がある。

「ん〜？」

その後は行方不明だ。朝食後の一服も、結局ライターが見つからなくて吸っていない。別に煙草を吸うだけなら仏壇のマッチでも借りればいいのだが、そうではなくて彼はあのライターを使いたいのだ。

うーんと呻(うな)りながらあちこち捜す。もしかして仏壇で使った母がそのまましまったのではと引き出しを開けた時、すぱんと勢いよく襖(ふすま)が開いて、母の頼子(よりこ)が怒り顔で入ってきた。

「ちょっと、何度も呼んだんだよ！」

「ああ、聞こえてたけど……」

聞こえていたが行きたくなかったのは、帰省した実家で正月早々雪かきなどしたくなかったからだ。

「じゃあ返事くらい……あっ、勝手に引き出し開けてんじゃないよ！」

「別に盗みはしねえよ……」

母はちらっと通帳が見えた引き出しを、鶴吉の指を挟むことも厭(いと)わない凄(すさ)まじい勢いで閉めた。

「ほら、さっさと雪かきにいくよ！　お父さんたちは表、あたしとあんたで裏の駐車場やるよ！」

「わかったって……」

鶴吉は煙草を箱にしまいながら、頼子に尋ねた。

「なあ、俺のライター知らねえ？」

「ライター？」

「アニキがくれたやつだよ」

「知らないよ、そんなの。大方そこらに放ってたんだろ。あんたは昔から物を大事にしない子だったからねぇ」

鶴吉は聞き流して、頼子から渡されたアノラックを着込んだ。

裏口から出ると粉雪が舞っていた。長靴が埋まりそうな深さの雪が積もって、駐車場も車も雪に埋もれている。これは骨が折れそうだ。

雪降ってるなら後でも良くねえか？　と言った鶴吉を、先に出ていた頼子は凄まじい形相で睨み付けた。

渋々、鶴吉は雪かき用のスコップを手に取った。

実家なんて面倒臭いばかりだ。たまの休みだというのに、やれ風呂掃除だの雪かきだの、あれしろこれしろとうるさいし、やっとゆっくり雑煮を食べられると思ったら、今度は兄が後を継ぐ店の話か新築の家の自慢で、家業にまったく関係のない次男坊は肩身が狭くなるばかりだ。

　こうなったらしばらく帰省なんかしねえぞ。一人暮らしのアパートでだって、立派に年くらい越せる。親には仕事が忙しいとかなんとか言えばいい。

　そう決めて、鶴吉は親の小言を聞き流しながら実家を振り仰いだ。

　灰色のコンクリート造の建物はのっぺりとして面白みもなければ親しみも湧かない。愛想ってものがないんだ、と鶴吉は毒づいた。

「鶴吉！」

「わかったって」

　母の爆発寸前といった声に応えて、鶴吉はまずは駐車場の雪かきに取りかかった。

❄

　イルミネーションが街路樹で輝き、金のモールが店のウィンドウを飾る。

　ただでさえ夜なお明るいすすきの界隈が、いっそう目映く輝く季節だ。これからクリスマスを経て新年を迎え、二月には雪まつりも開催される。その頃にはすすきのにはネオンに照らされた氷の像が幾つも現れ、いっそう人出も増えるだろう。

　くま弁がある辺りは、すすきの駅前のそういう賑わいからは少し離れている。おまけにまだ午前中だったため、夜は輝く電飾もただ木の枝に絡まっているだけで、雪緒は通

りを足早に歩いて、くま弁に向かっていた。その日は分厚い雲によって日の温もりから
も遮られて寒かった。
乾いた空気に喉の痛みを覚えながら、雪緒は角を曲がってくま弁の前に辿り着いた。
なんとなくふと建物を見上げる。
二階建ての鉄筋コンクリート造。灰色の壁には枯れた蔦が這い、赤い庇テントには
『くま弁』という店名とともに、どこかユーモラスな熊のイラストが描かれている。
この店で雪緒が働き始めて、もう二年になる。
くま弁は先代店主の熊野が始めた店だ。元々は熊野の実家がやっていた精肉店だった
とかで、それを引き継いだ熊野が、後に同じ場所で弁当屋をオープンさせたそうだ。
だから、くま弁は開業して四十年近くになるし、この建物自体はもっと年数を重ねて
いる。
そう思って見上げると、確かに随分と古い。少しずつ修繕しながら使っているものの、
建て替えの話が出るのも仕方ないことかもしれない。
少しの間庇テントに描かれた熊を見つめてから、シャッターを潜って店内に入り、極
力元気な声で挨拶した。
「おはようございます！」
「あ、おはよう！」
「おはよう」

すでに厨房で忙しそうに働く千春とユウが、雪緒に挨拶を返してくれる。雪緒も昼の配達の準備をするため、まずは奥の和室に荷物を置きに行った。

昼の配達では曜日ごとにオフィスビルなどを回る。今日は生姜焼き弁当があっという間に捌けてしまった。店に戻ってきた雪緒はパソコンを立ち上げた。夕方からまた配達の仕事だが、自宅に帰る時間も惜しくて最近は休憩室を借りてパソコンを触っていることが多い。頼まれたアプリ開発の仕事のためだ。

とはいえちゃぶ台にノートパソコンを置いて作業していると、どうも腰に来る。姿勢が悪いのかもしれないが、自宅の椅子に背中と腰をサポートして欲しくなる。

「ふぅ……」

そういえば肩も凝った。自宅では外付けのキーボードを使うのだが、そこまで持ち込むのは面倒で置いてきた。そうするとやはり使い心地も違っていて、いつも以上に肩が重く感じる。

なんとなくスマートフォンを手に取って、アプリを立ち上げる。SNSを通して知り合ったowl——粕井からのメッセージがないかチェックする。メッセージがあれば通知が来るようにしているので、スマートフォンが沈黙している以上連絡がないのはわかりきっていたが、ついこうして数時間おきに確認してしまう。

雪緒が彼に最後に送ったメッセージは……。

うぐう……と呻いて畳の上に身を伏せた。

その時、コンコン、と壁を叩く音がした。

見ると、厨房との仕切りとなる戸口に千春が立っていた。

「お疲れ様！　おやつ食べない？」

休憩中の千春が近所の和菓子屋さんの塩豆大福を持ってきてくれたのだ。

「い、いただきます……」

のそのそと身体を起こした雪緒は情けない声で言った。

コーヒーが飲みたいです……と雪緒がわがままを言った結果、千春がコーヒーを淹れてくれた。

「なあに、落ち込むようなことでもあったの？」

「うーん……それがですね……」

雪緒は答える前にコーヒーの香気を吸い込んだ。張り詰めていた神経が豊かな香りによって緩んだような気がする。複雑に絡んでいたものが——後悔とか、疑問とか、羞恥とかが解きほぐされて、一つの単純な答えに行き着く。

「二日前デートに誘ったら、それ以来連絡が取れなくなったんです」

千春は持ち上げようとしていたコーヒーカップを取り落とした。幸いテーブルからあまり離れていなかったので、水面が揺れただけでそのままごとんと落ちた。

「あ……いや、すみません、そんな深刻な話じゃないんですけど……」

「えっ……あ、そう？」

「デートって言っても、ちょっとお茶しようってだけで……これまでにも何度かお茶したり食事したりはしていて……だから、単純に忙しいとかスマホ壊したとかメッセージ見逃したとかそういうことかもしれないんですけど……でも、もしかしたら避けられてるのかな～という気もしていて……もう一回連絡するのもしつこいかなとも思うし」

「う～ん……あの、長くお付き合いしている人なの？」

「いえ、お付き合い……じゃないんですけど……たぶん……」

千春は複雑そうな顔をした。実際、色々と複雑な問題があったのだ。粕井は店の常連だし、お付き合いしているわけではないし、ただ粕井からは一定の好意を向けられていることを雪緒は知っていて……。

「でも、そろそろ答えを出さないとなあと……思っていて……」

「こ、答え」

気付くと千春は顔を赤らめている。姿勢もやや前のめりだ。

「え……それは……その……何か申し込まれていて……？」

「あ、そうじゃないんですが、自分の中で答えを出して、それを相手にも伝えたいというだけです。ええと……何かすみません……」

「いやっ、いいよ、色々あるよね……まあその……とりあえずどうぞ……」

千春に勧められ、雪緒は塩豆大福を手に取った。北海道十勝産の小豆と黒豆と餅米を使った大福は、出来たてで皮も柔らかく餡も滋味豊かで、特に塩とほくほくとした豆の組み合わせが美味しい。元気が出る味だ。

「よいしょ、と」

千春の方は大きな図面を持ってきて畳の上に広げている。

「ちゃぶ台使ってください」

「いいよ、ここで」

千春はそう言って、畳に広げた図面を眺めている。ノートと見比べているようだ。

「それ……あの、建て替えの図面ですよね」

「そうだよ。いやあ、難しいね……土地をどう利用するかとか、窓の大きさとか、階段とか配管とか……予算とか……もう……ほんと……」

千春は頭が痛そうな様子で顔をしかめた。

「大変そうですね……」

「考えること多すぎて！　でも蟻塚さんが相談に乗ってくれて。今日もこれから来てくれるんだよ。その前に予習しておこうと思って」

「もう築五十年ですもんね」

「そう〜、みんな愛着があるんだけど、さすがにあちこちなんとかしないとねって場所が出てきちゃって」

蟻塚は店の常連であり、この近所に設計事務所を開いている。雪緒は蟻塚の丸顔を思い浮かべた。昨日、ちょうど事務所へ海苔弁当を配達したところだった。

「そういえば、この建物を設計したのも、先代の所長さんだったと伺いました」

「そうそう、蟻塚さんの……えーと、伯父さんが設計されたとかで。熊野さんのお父さんの代に。その頃は精肉店だったんだよね」

「その頃はこの辺ってどんなふうだったんでしょうね」

雪緒も千春も生まれる前、雪緒の親にしてもまだ子どもの頃の話だ。発展していく街並みを想像しようとしたが、雪緒にはどうにも難しかった。

その時、玄関でドアベルが鳴る音が聞こえた。

千春は、あっと小さく声を漏らして立ち上がった。時計をちらっと見ると、急いで廊下に出て玄関に向かう。

雪緒は、来ると言っていた蟻塚かな、と思ったが、それにしては千春が意外そうな顔をしていたのが気になった。予定より早いのかもしれない。とにかくここを使うだろうから片付けておこうと、雪緒はコーヒーカップと皿をミニキッチンに運んだ。

「熊野さあん、熊野さん、いますか？」

玄関から千春の声が聞こえてきて、雪緒は廊下へ顔を覗かせた。

千春は二階に向かって声をかけ、今にも階段を上っていこうとしていた。

雪緒は千春を呼び止めた。

「熊野さん、今日はスーパー銭湯ですよ」

「あ！　そっか……すみません、今詳しい人がいなくて」

千春にそう言われて、玄関に立つ人物は勢いよく頭を下げた。

「いえ、こちらこそ突然すみません！」

勢いが良すぎて眼鏡がずり落ちそうになる。それを戻しながら、その人は――小柄な若い女性は頭を上げた。大きな目と、太いセルロイドの丸眼鏡が印象的だ。

彼女は、雪緒と目が合うと、大きく頭を下げた。

「初めまして！　突然お騒がせしてしまい申し訳ありません」

「あ、いえ……」

「この方、伯母(おば)さんが住まれてた家を探されてるそうなの。五十年くらい前だっていう話なので、熊野さんに訊(き)いてみようと思ったんだけど……」

千春がそう説明し、申し訳なさそうな顔を女性に向けた。

「すみません、今は詳しい者は不在ですが、伝えておきましょうか？」

「わかりました！　それではこちら私の連絡先ですのでよろしくお願い致します！」

一息でそう言って、女性は名刺を雪緒と千春に差し出した。興呂木千紗(こうろぎちさ)という名前と、連絡先が印字されている。

「確かに承りました。でも、大変ですね、五十年前なんて。この辺りに住まれてたのは確かなんですか？」

「はい！　伯母によると、住所もまさしくこちらでして」

「えっ？　ここ……ですか？」

千春が驚いた様子で聞き返している。五十年前というと、ちょうどこの建物が建った頃だ。

女性――興呂木は、ショルダーバッグからさっとファイルを取り出した。はがきが入るサイズのファイルで、一番手前に古い年賀状が差してある。確かに、そこに書かれた宛先はこのくま弁の住所と同じに見える。

「これ、伯母が持っていた当時の年賀状です。小学校の先生から届いたものだそうで、手元にはこれしかないんですが」

「た……確かにうちの住所ですが……」

「精肉店が建つ前に、こちらにその方のご自宅があった……ということですか？」

「う～ん、でも年代が……ちょうど建った頃のような……」

千春は年賀状を見ながら首を捻っている。

ふと、その目を上げて、千春は興呂木に申し出た。

「そうだ。今、ちょうど近所の設計事務所に建て替えの相談をしているところなんです。設計事務所も同じくらい昔からあったはずですし、この建物を建てたのもそちらなので、昔のことを訊いてみましょうか？」

「いいんですか？　助かります！　是非お願いします！」

た。

興呂木はそう言って頭を下げる。ずれた眼鏡を直しながら、人好きのする笑顔を見せ

この時季、雪緒などはどうも上着の下が適当になる。どうせコートを着込んで、マフラーを巻いたら足しか見えないしなと思うと気が緩み、酷い組み合わせの服を着ていたり、アイロンを省略していたりする……。

だが、蟻塚は常にお洒落だ。今日もコートと帽子を片手に部屋に上がった彼は、ジャケットからベストを覗かせ、大胆な柄物のネッカチーフを巻いている。背の高さは雪緒と同じくらいだろうか。

「やあやあ、どうもどうも」

にこにこと笑いながら挨拶する顔は張りがあってつやつやしている。年齢不詳気味なところがあるが、確か三十間近で出来た一人息子がもう三十を超えたと言っていたから、六十歳以上だろう。

雪緒は蟻塚と入れ違いに休憩室を出て、千春に挨拶した。

「それじゃ、お言葉に甘えて上のお部屋使わせてもらいます」

「うん、どうぞ。あっ、一応ストーブ点けてるけど寒かったら温度上げてね」

「ありがとうございます」

今日は午後から蟻塚が来て、建て替えの話をするとのことで、それに合わせて熊野も

帰ってくるはずだった。

　だが、熊野の姿はまだない。

「熊野さん、まだ戻らないんですか？」

「うーん、もうそろそろだと思うんだけど……」

　千春が少し心配そうに休憩室の壁にある鳩時計を見た時、玄関ドアががたがたと鳴って、その熊野が入ってきた。

「う～、寒い。せっかくあったまったのに帰りがきついんだよなあ」

　そうぶつぶつ言いながら靴を脱ぎ、ふと三和土（たたき）にある客の靴を見て、ああ、と言った。

「そっか、もう来てるのか、蟻塚さん。待たせちゃったかい？」

「今来たところだから大丈夫ですよ」

　休憩室からひょっこり顔を覗かせて、蟻塚がそう言った。

「今行くよ、ちょっと、この靴脱ぎにくくてさあ……」

　建て替えには特に熊野が乗り気のようで、どうせならイートインを作りたいねなどと色々話し合っているらしい。和気藹々（わきあいあい）とした、前向きな雰囲気に触れて、雪緒も明るい気分で階段を上がろうとした。

「えっ……この店が建つ前？」

　だが、蟻塚の大きな声が聞こえてきた。雪緒もつい足を止める。振り返ると、玄関まで熊野を迎えに出た蟻塚が、千春から話を聞いているらしかった。

「興呂木さんていう人がいらっしゃったんです。五十年前の話を聞きたいそうで……」

ああ、さっきのことかと雪緒も察した。

「この建物が建つ前、ここにはその興呂木さんの伯母さんが住んでいらしたとかで……」

蟻塚が訝しげに言った。

「そりゃ変ですよ。だって、この建物が建つ前から、ここには熊野精肉店がありましたから。確か、木造の店舗兼住宅があって……熊野先輩のご両親が、土地と建物を借りて店をやってたんです。五十年前って言ったら、ちょうどもう建った頃ですよ。伯母さんのおうちがあったってのは勘違いじゃないですかねえ？」

「でも、年賀状があったんですよ」

「年賀状？」

「住所が、ここだったんです」

沈黙がある。一瞬蟻塚は考え込んだようだ。

「……念のため確認しますけど、その興呂木さんの伯母さんって方、先輩のお身内じゃないですよね？」

「それは違うよ」

熊野が即座に否定した。

なんだ？　なんだかよくわからない話になってきた。雪緒は階段の一段目に足をかけたまま、身体を捻り、半身になって聞いていた。

思いついた様子で千春が手をぽんと叩いた。

「あ。じゃあ、たとえば下宿していたとかは？」

「下宿？　ああ、なるほど、別家族が間借りしていたとかいうわけですか？」

　ところが、そう聞き返した蟻塚が、直後にぶんぶんと首を振った。

「いや、違いますよ。そんなわけない。そんなことがあったら、絶対私が覚えてますからね」

　ようやく靴を脱いだ熊野は、不思議そうに指摘した。

「なんだい、蟻塚さん、随分自信たっぷりだね。蟻塚さんだってその頃まだ小学生とかじゃないのかい？　覚えてるの？」

「勿論覚えてますよ。私は子どもの頃、ここでよくご飯を食べさせてもらってたんです。美味かったよ、ポテトサラダ。まだ覚えてますからね」

　へえ～と感心したように熊野は言った。

「先輩こそ、覚えてないんですか？」

「五十年前ねえ……どうかなあ。その頃はあんまり帰省もしてなかったから、当時の実家のことはわからんなあ」

　熊野は曖昧に答えて、手をすりあわせながら休憩室に入っていった。

「とにかく今は手をあったためたいよ」

「あ、お茶淹れますね」

ユウがそう言うのが聞こえ、千春が最後に入って襖を閉めた。

雪緒は階段を上がって二階に辿り着き、今は使っていない部屋の襖を開けた。なんとなく熊野の言い方が気になっていた。五十年前のことなら、熊野に確かめればはっきりわかりそうな気もするが……。

雪緒は端で話を聞いていただけだが、彼の曖昧な物言いが意外だった。普段はなんでもはっきり話す人だったから。

……いや、今はせっかくだから次のバイトの時間まで集中しよう。

雪緒はがらんとした部屋を見回し、文机を見つけてその上にパソコンを置いた。

それから、ストーブの設定室温を一度だけ下げて、パソコンに向き直った。

❄

結局、粕井からは三日前に電話がかかってきて、デートを断られた。何やら忙しかったとかで、返事が遅れたことを何度も謝られた。雪緒は気にしていないと言って電話を切ったが、正直かなり気にしていた。

とはいえ、忙しいと言う相手を捕まえて本当に仕事だったのかとか何か自分が迷惑をかけたかと問いただすようなこともできず、なんとなくもやもやした気分のまま過ごしていた。

その日も昼の配達の後、パソコンで作業をしながら、本当に自分は何かしでかしたのだろうか、と雪緒は何度目かになる問いを自分に投げかけていた。最後に何を話しただろう？　そうだ、確か……料理だ。皿を洗うのが面倒で、作り置きのおかずがあってもつい丼にして食べてしまう……というような話だ。

「あっ？　これのせいか……？」

思わず声に出して呟く。いや、雪緒だって別に来客があるとか家族が遊びに来たとかなら皿洗いもやぶさかではないが、何もない日、自分だけのために料理を用意しなければならない日は、そんなこともある。

その時、突然ノートパソコンの画面が真っ暗になった。一定時間が経つとスリープになるように設定しているのだ。考え事にかまけて、手を動かしていなかったらしい。

あぁ～と声を漏らし、雪緒はぱたりと畳の上に倒れた。もうなんだかよくわからないし面倒臭くなってきた……と鬱々と思う。どれだけ考えても自分には粕井の気持ちはよくわからないし、話を聞こうにもこうも避けられているとそれさえ叶わない。面倒臭いというと聞こえは悪いが、それが正直な心境になりつつある。何か言いたいことがあるのならはっきり言ってほしい。

「旅行行きたいな……」

ふと気付くとそう呟いていた。口にしてみると突然その考えは雪緒の頭に根を張って、思考は水が低きに流れるがごとくそちらへ逸れていった。旅行……そう、雪緒の趣味はドライブだが、最近はあまり遠出をしていなかった。もうすぐ二連休があるし、おやすみにちょっとドライブしてふらっと温泉に浸かるのも良い気がする。オフシーズンなら安い宿もあり、ガソリン代と高速代を覚悟できればなんとかなる……アプリ開発で休日もほぼ働いていたが、期日的にはまだなんとかなるし、ここでちょっと休んでも良いのではないだろうか……幸い、アプリ開発の前払い金で多少懐も温かい。

自分ひとりの考えにふけっていると、玄関の呼び鈴が鳴った。千春は確か所用で外出中、ユウは厨房だ。雪緒ははーいと応えて身体を起こした。

ドアを開けると、玄関の前にはあの小柄な女性、興呂木が立っていた。

彼女は雪緒に向かってひょいと会釈して言った。

「こんにちは！　あの、本日熊野さんと蟻塚さんにお会いできると聞きまして……」

そうだった。

そもそも、今日は定休日なのだ。昼の配達は予約が入っていたから行ったものの、その後はもう帰ってよかった。帰らず二階で場所を借りてパソコンをいじっていたのは、この興呂木がやってくると聞いたからだ。

雪緒自身も、五十年前のくま弁の話に興味があった。

雪緒は伺ってますよと言って、興呂木を中へ通した。

興呂木は出されたお茶も飲まず熱心にファイルを片手に部屋のあちこちをチェックし

ている。

「こっ、この角度、ここから見ると……ほらっ、こうやって撮ってるんじゃないかなって思うんですよ！」

姿勢を低くして、畳と壁が収まるように指で長方形を作っている。ファイルには五十年前のものだという写真が何枚も差してあり、彼女はそれを一枚一枚、部屋の壁や床や畳と照らし合わせているところだ。

「はあ……」

興呂木は興奮しているが、畳なんて五十年の間に何度か張り替えているだろうし、壁だって白っぽい壁紙だからどこにでもあるものだろう。

当時を知る蟻塚が違うと言っているのだから、本当に違うのではないだろうかという気がして、雪緒は少し疑うような目で見てしまっていた。

「あっ！」

突然、興呂木が叫んで壁の鳩時計を色々な角度で眺め始めた。

「どっ、どうしました」

「これ、この時計、同じじゃないですか？」

「えっ」

渡されたファイルの写真には、確かに鳩時計と興呂木の伯母（おば）だという小学生くらいの少女が写っている。

のだ。
確かに同じ鳩時計に見える。文字盤の数字も、それを囲む葉の形の浮き彫りも同じな
「あっ、あれ……？」

「どうして……」

「やっぱり、ここ、伯母が育った家なんですね！　よかったぁ！」

興呂木はそう言ってファイルを抱きしめている。

その眼鏡の奥で涙が光っている。

興呂木は恥ずかしそうに涙を拭って説明した。

「実は、伯母が、子どもの頃に住んでいた家にタイムカプセルを埋めたという話をしていて……その後引っ越してしまったけれど、どうなったのかしらって気にしてたんです。だから、私が家を探して、掘り出してあげようと思ったんです！」

「そうでしたか……タイムカプセルというと、思い出の品とか、未来の自分への手紙とか……そういうものを缶に入れて、埋めるやつですか？」

「そう、それです！」

卒業記念のイベントとしてタイムカプセルを埋めるというのは聞いたことがある。子どもがそれを真似たのだろうか。

「伯母は、大阪万博のタイムカプセルの話を知って、真似たそうなんです」

「大阪万博？」

「一九七〇年の大阪万博で、大きなタイムカプセルを埋めたそうなんですよ。五十世紀後に開くんですって！　それをテレビで知った伯母は、自分もやりたいって真似したそうですよ」

「五十世紀後……そんなことあったんですね」

五十世紀というと、五千年だ。気の遠くなるような長い歳月だ。五十年前のことだってわからないのに、五千年後だなんて。

「あっ、そうそう、これ庭の写真です。この木の根元に埋めたそうなんです」

興呂木はそう言ってさらにファイルを見せてくれた。写真には、小学生くらいの女の子が、こちらを向いて笑顔で写っている。場所は庭だが、やはりかなりの年月が経っているせいで、本当にこの店の裏手にある庭と同じなのか、雪緒には判別がつかなかった。

「木の根元……」

その写真には、サクラの木が写っている。まだほっそりとした若木だが、やや色褪せたカラー写真の中でピンク色の花を咲かせている。

「……そういえば、この家の庭にはサクラがあります」

雪緒が呟くように言うと、興呂木はぱっと笑顔になった。

「じゃあ、きっとそれですよ！　あの、拝見できますか!?」

「え、ええ、でも……」

雪緒は頭が混乱してきた。ここには五十年以上前から熊野の家族が暮らしていたが、ここに現れた女性は五十年前の年賀状と写真を持っている。確かに写真に写る鳩時計はこの家にあるものと似ているし、サクラの木も庭に生えている。

だが、一方で蟻塚は五十年前ここで頻繁に食事をさせてもらっており、そんな人間はいなかったと言う。

まあ、とにかく一度サクラを見なければ納得しなそうだ。雪緒は彼女を勝手口に案内することにした。

ドアを開けると、ちょうど庭にいた熊野が物置のドアを閉めたところだった。

「やあ、お待たせして悪いね」

「いえ、すみません。お仕事中に」

「いいんだよ、ちょいと冬囲いが緩んじまってね……直してただけだから。今夜、また雪だって予報だったからね」

そう言われると、雪緒は道路状況が心配になってきた。雪の季節の始まりは毎年道が混むものだ。そろそろ根雪になろうという頃だから道路の混雑はそこまでもないだろうが、やはり夏に比べると注意が必要なことが多い……特に、配達のために狭い路地などに入った時には。

雪緒はそわそわして上の空になってしまったが、その間に興呂木が説明した。

「あのう、実はサクラの木を見せていただきたいのですが」

「サクラ？　それだけど」

「うわあっ、本当にあった！」

興呂木は弾む声を上げたが、雪に阻まれてサクラの木には近づけないでいる。写真を見比べてなんとか同じ角度を探そうとするが、やはり雪が邪魔らしい。

熊野が不思議そうな顔をしているので、雪緒が説明を補った。

「興呂木さんの持ってきた五十年前の写真に、庭のサクラの前で撮ったものがあったんです」

「庭のサクラねえ、でもそれ、植えたの二十年くらい前だよ」

「えっ！」

興呂木の大きな声で、雪緒の方が驚いた。

興呂木は愕然とした顔でサクラと熊野を見比べている。今にも庭の雪の中に突っ込もうとしていたのか、貸した長靴が雪に塗れている。

「さ、サクラ、二十年前に植えたものなんですか？」

「ああ。でも、昔もあったよ、サクラ。ある年、ぽっきり折れちゃったけどね。なんて種類だったかなあ、あんまり大きくならないやつで……」

少し不安そうな顔で、興呂木がファイルを開いて熊野に見せた。

「あの、これなんですけど」

「うーん……？　悪いけど、俺もそんなに覚えてなくて……庭の写真、あるかなあ」

探してみるよ、と熊野は言った。

「ありがとうございます。実は、この木の根元に伯母(おば)が埋めたタイムカプセルがあるはずなんです」

「へえ、タイムカプセル！」

「缶に入れて埋めたって言っていて……もし、可能なら掘り出してみたかったんですが、場所がわからないと……」

「なるほどねえ……」

熊野も同情した様子だった。

勝手口から屋内に戻ると、ちょうど玄関チャイムが鳴ったところだった。

雪緒は急いで玄関に出て、新たな来訪者を出迎えた。

興呂木も玄関までついてきたので、早速彼女を紹介する。

「こちらが興呂木さんです」

来訪者——蟻塚は、興呂木を紹介されていつものお洒落(しゃれ)な帽子を取って会釈した。

「それで、こちらが蟻塚さん。蟻塚さんは子どもの頃この家によく来てたそうで、当時のこともわかるかと……」

「それはありがとうございます！」

「いえいえ、お役に立てればいいんですけど」

二人は穏やかな表情で言葉を交わし、くま弁の休憩室に入った。

だが、その後の話し合いは決して穏やかなものでは終わらなかった。

熊野が二階でアルバムを探す間、興呂木は蟻塚にこれまでのことを説明した。

伯母はここで暮らしていたのだと思うと説明する興呂木に、蟻塚は率直な意見をぶつけた。

「待ってください。ここに、あなたの伯母さんは暮らしていませんよ。五十年前なら私は小学生で、よくこの家には出入りしていたんです。この建物が建つ前からです。ここに木造二階建ての店舗兼住宅が建っていた頃から、私はここに来てはしょっちゅうごはんを食べさせてもらってたんですよ。親同士が仲良くてね。だから、はっきり言えるんですけど、ここは五十年前もそれ以前も熊野さんちのおうちでしたし、他の誰かに間貸ししたりはしていないと思うんですよ」

「でも、年賀状には、確かにここの住所が……」

「何かの間違いとか……」

「それに鳩時計！　見てください、ほら！」

興呂木は写真を片手に鳩時計と並べて見せた。確かに、何度見てもよく似ている。勿論目の前にあるものの方が古びているが、細かい作りもそっくりだ。

蟻塚は咳払いを一つすると、おもむろにルーペを取り出した。それをかざして写真をよくよく見ている。

　ややあって、彼はルーペを懐にしまった。

「確かに似てますが……同じものかはわかりませんよ。同じ場所に傷でもあれば証明になるでしょうが、写真に小さく写っているだけで、これではよくわかりません」

　蟻塚の話は理路整然としているし、同情するような表情を浮かべているのだが、どうも興呂木が間違っていると決めつけているように聞こえる。興呂木は間違っているから、自分が正しい情報を教えてあげなければ――という使命感のようなものを感じる。

「それなら、蟻塚さんは何か当時のことを知る手がかりをお持ちなんですか？　蟻塚さんのご記憶以外に！」

　頭から自分の考えを否定され、興呂木はむっとしているようにも見えた。あまり頭に血が上るのもよろしくはないが、興呂木の気持ちもわかる。雪緒ははらはらしてきた。

「お茶を淹れましたので……」

　そう言って茶托に載せたお茶を勧めても、二人とも見向きもしない。

「おやおや。私は記憶力には自信がありますよ」

「でも、五十年前ですよ？　今年二十歳の私だって、小学生の頃のことなんてそんなにたくさん覚えてませんよ。たとえば――そう、たとえば小学校の校歌を私はもう忘れてますし！」

「ほほう！　それは修練の差ではありませんか？　私は覚えていますよ」

　咳払いをして今にも歌い出しそうな蟻塚を、興呂木が止めた。

「歌わなくて結構です！」

「それは残念……とにかく、印象に残ったものは別でしょう？　このくま弁……いえ、熊野精肉店の親父さんとお袋さんにはお世話になりましたからね。可愛がってくれましてねえ。その家に、親父さんとお袋さん、それに熊野先輩のお兄さん以外の人は住んでいませんよ」

何しろ五十年前、興呂木は生まれる前のことだ。当時を知る人間にそう言われてしまっては、反論も難しい。

そこへ襖を開けて、熊野が入ってきた。

熊野は何かを察したのか、蟻塚をぎろっと睨んだ。

「若い子相手に、何いじわるじいさんぶってるんだい」

「じ、じいさん」

「サクラの写真はなかったよ、興呂木さん。だが……」

熊野が何か言いかけたが、それにかぶせるように蟻塚が不満そうに反論した。

「じいさんとは失礼ですねえ。先輩の方が随分年上じゃないですか。それに、私はただ本当のことを教えてあげただけですから。親父さんたちにお世話になったことは忘れたりしませんよ。あのポテトサラダの味を忘れるものですか！」

「ポテトサラダねえ……」

どこか訝しげな様子で熊野は呟いたが、蟻塚は蕩々と語った。

「熊野先輩のご両親の作る飯は美味くてね。お袋さんのも家庭料理って感じで美味かったけど、親父さんが出してくれたポテトサラダがまた絶品でね。あれがくま弁のポテサラのルーツなんですかねえ！」

「いや……そう言われてもねえ……」

どこか助けを求めるように雪緒を見やる。雪緒はとりあえず話に割って入ることにした。

「くま弁のポテトサラダのルーツなんですか？」

「そうだと思いますよ。独特の癖があってねえ……ねえ、先輩。あの辺の昔からあるメニューって、お袋さんと親父さんのメニューなんでしょう？　ほら、コロッケとか……美味かったなあ」

「コロッケは確かにお袋の作ったやつをアレンジしてるけど……ポテサラねえ。うちのはそんなに特徴的じゃないからなあ……ごく普通のやつで……それに、うちの親がポテサラなんて作ってたっけかなあ？」

熊野が困り顔で腕を組む。

「ちょ……ちょっと、先輩、肝心の息子のあなたがどうして覚えてないんですか」

その時、厨房の方からユウがひょいと顔を出した。

「こちら終わりました。僕もお話聞いていいですか？　五十年前のこと、興味があるので……」

「ユウ君！」

突然何か思いついた様子で、蟻塚がユウを見やった。

「ユウ君、作ってみてくださいよ！」

言われたユウは、きょとんとしていた。


くま弁では毎日日替わりで色々な惣菜が作られているが、ポテトサラダは頻出の惣菜の一つだ。蒸かした芋を潰してビネガーと塩こしょうで味を調え、にんじん、きゅうりとマヨネーズを混ぜた昔ながらのものだ。焼いたベーコンがゴロゴロ入っているのが特徴的で、たっぷりの卵が入るバージョンも美味しい。

蟻塚からリクエストを受けたユウは、くま弁で一番標準的なポテトサラダにレタスを添えた小鉢を全員分用意してくれた——雪緒の分も。

「すみません、私関係ないのに……」

ユウは人好きのする笑みを浮かべて、蟻塚らに説明した。

「こちらが当店でいつもお出ししているポテトサラダになります」

「これのことかい、蟻塚さん」

熊野がそう尋ねたが、蟻塚はじっとポテトサラダを見つめて考え込んでいる様子だ。その難しい顔のまま、箸を手にひと掬いして、ゆっくり味わう。

彼は下唇を突き出して、首を捻った。

「これはこれで美味しいですけど……いや……そうじゃなくて、別の方なんですよ。別の……ないですか？」

「別のって……ポテトサラダのアレンジなら卵入れるやつとか、具材がちょっと違うのとかもあるけど、基本的にはこれだよ」

一方、興呂木は小鉢のポテトサラダをすべて平らげて、満足そうに微笑んでいる。

「美味しいですね！ベーコンの脂が全体に絡まって……ベーコンの切り方も大きくて、おかずになりますねえ。……でも、蟻塚さんが五十年前のこの建物についてよく覚えているという証拠にはならないんじゃないですかねえ」

本当は、蟻塚としては今のポテトサラダから五十年前のポテトサラダの名残を見つけて、それをもって自分の五十年前の記憶の正しさを証明したかったのだろう。

だが、今のポテトサラダには、彼が記憶しているそういった名残のようなものは、見つけられなかったらしい。

興呂木は、背をすっと伸ばして、少し底意地の悪い表情で語った。

「仕方ありませんよ。五十年前のことですからね。別のお宅の記憶と混ざっているんじゃないですか？」

「五十年前ですけどね、あれは確かにここだったんですよ！この部屋、まさにこのちゃぶ台……」

そこで蟻塚は何かに気付いたのか、ハッとして熊野を見やった。熊野は申し訳なさそうな顔で言った。

「前のちゃぶ台、木工好きの人にあげちまってさ……二十年くらい前に買い換えてるよ」

うっ……と言葉に詰まって、蟻塚は黙りこくってしまった。

興呂木は心なしか嬉しそうだ。一応表面上は同情したような言葉をかける。

「そういうこともありますよ。五十年前のことですもの、きっと勘違いしたんです」

「ほう、勘違いはそちらでしょう。こちらの証明はまだこれからですよ！」

これから？　というのはどういうことだ？　雪緒はポテトサラダを味わいながら眉を顰めた。蟻塚は、雪緒の小鉢のポテトサラダを指差して言った。

「最近のポテトサラダは、アレンジされているんですよ。昔は……ほら、先輩、昔のくま弁のポテサラは違ったでしょう？　確かベーコンじゃなくて……」

「ああ……ハム使ったりしたこともあったけど……」

「それにほら、さらしタマネギ使ってたでしょ！　今回入ってなかったけど」

「そうだね、よく覚えているね」

「ですから、元の形に近づければ、きっとあの五十年前のポテサラの名残も出てきますよ！」

「……でも、うちのは本当に普通のポテトサラダだと思うぞ？」

そうは言ったものの、蟻塚の気持ちは固いようで、熊野は諦めたように嘆息した。

いんげんが入ったもの、マヨネーズが入っていないもの、卵がたくさん入っているもの、にんじんやきゅうりが入っていないもの、酢の量が多いもの、少ないもの、オリーブが入っているものなど……。

❄

熊野はレシピをノートに書き留めている。それらを参照しながら、ユウと熊野は十種類ほどのポテトサラダを作った。ちゃぶ台にずらっと並んだポテトサラダの小鉢は壮観で、千春は嬉しそうにポテサラパーティーですねと言っていた。

ユウが作ったポテトサラダを食べた後、雪緒たちも買い出しを手伝うなどして、夜には第二回の試食会となっていた。

「あっ、タラモサラダもある。私好きなんですよねぇ」

千春は取り皿を配っている。

ノートを片手に、熊野は解説した。

「ええと……こっちが古いレシピ、こっちが新しい方。さすがに五十年前のレシピはないから、一番古くても三十年くらい前だけど……」

「よく残ってましたね」

雪緒は感心して呟いた。その一番古いレシピのポテトサラダは厚めに切ったハムと薄切りのきゅうりが入っている、シンプルなものだ。いただきますと言った蟻塚は早速それを取り皿に盛った。雪緒も釣られて同じものを皿に盛る。

　確かにシンプルなポテトサラダだが、滑らかで口当たりが良い。多めに入ったきゅうりとハムがアクセントと旨みを追加していて、これがお弁当に入っていたら嬉しくなるだろうなと思う。味付けはしっかり目。メインのおかずを邪魔せず、しかしこれだけ食べても美味しい。理想的なお弁当のポテサラだ。

「確かにこっちも美味しいですね。今のくま弁のポテサラも、ベーコンの旨みがあってごはんのおかずっぽさが強くて好きなんですけど……」

　ユウは雪緒が食べたものを指して言った。

「それはメークインですね。で、隣のが男爵、男爵、あとはキタアカリ、えーっとそっちもキタアカリで、黄色いやつがインカのめざめです」

　すべてじゃがいもの品種だ。男爵はほこほこした食感、キタアカリも同じく粉質だが甘みを感じる。インカのめざめは黄色くて独特な風味があり、オーブンなどで焼いたものも美味しい。味付けも生クリーム、マヨネーズ、オリーブオイル、酢など様々だ。ビーツが入ってじゃがいもがピンク色に染まったものもある。

「ポテサラと言っても色々あるんですねえ」

　雪緒が感心して言うと、千春が誇らしげに頷（うなず）いた。

「懐が広いよね。居酒屋さんとかにもあるし、私はポテサラをつまみにお酒飲むのも好いですね。シンプルなポテトサラダをふわふわのパンに挟んで食べたいです」

それを聞くなり千春はミニキッチンに行って戸棚を漁り、パンとクラッカーを見つけ出してきた。

ユウもちゃぶ台の前に腰を下ろして、卵がたっぷり入ってミモザ色に染まったポテトサラダを皿に装った。白い皿と相まって、雪に花が咲いたようだった。

「じゃがいもの美味しさをどう伝えるかという切り口は、たくさんあるということでしょうね。ねっとりした甘みのあるもの、ほこほことした粉感が魅力のものなど、品種ごとの特性がありますし、どのような食材と組み合わせ、どのような味付けをするか……店ではポテトサラダと聞いて期待されるスタンダードなものを作ることが多いのですが、飽きが来ないよう、時々変化を付けています」

なるほど、と雪緒は唸った。蟻塚も唸っていたが、それは単純に記憶のポテトサラダが見つからないので喉から声が漏れているようだった。

「見つかりませんか？」

ユウがそう尋ねると、蟻塚はううんとまた唸った。

「美味しいんですけどね、でも、何か……違うような～……」

ずっと難しい顔をしていた彼が、ふと眉を開いた。

ピンク色も鮮やかなタラモサラダを食べた時だ。黒いオリーブがアクセントになって、なんとも可愛らしい。

「あっ……」

と呟いたきり、蟻塚は目を閉じて、何かに思いを巡らせている様子だ。

蟻塚の反応を訝って、熊野が顔を覗き込んだ。

「どうした、蟻塚さん」

「近い……近い気がしますが……何かこう……」

「え？　コレかい？」

タラモサラダは比較的最近のメニューだ。ユウと千春も不思議そうな顔をしている。

雪緒も食べてみたが、レモンがたらこの生臭さを消し、しかし滑らかに潰されたじゃがいもと生クリームにぷちぷちとした食感と塩っけが引き立つ。独特の鼻から抜ける風味も残って、後を引く美味しさだった。

「何か、独特の……風味がさ。たらこ……たらこかな……」

「でも、これポテトサラダじゃなくてタラモサラダですよね？」

美味しそうにタラモサラダを食べていた興呂木が疑問を呟いた。

蟻塚は考え込んでしまう。

「そうなんですけどねえ」

「これだけに使っているのって、たらこですよね。ということは、五十年前のサラダはたらこ入りだったってことですか？」

　興呂木の問いかけに、蟻塚は首を捻っている。

「たらこ……なのかなあ。覚えてますか？　先輩」

「いやあ、お袋、タラモサラダなんて作ってなかったと思うよ」

　タラモサラダは確かギリシャ辺りの料理で、たらこに限らず魚卵を使う。

熊野からあっさり否定されてしまって、蟻塚は項垂れる。ふと、雪緒は蟻塚の先程の言葉を思い出した。

「蟻塚さん、お母様……じゃなくて、お父様が作ったって言ってませんでした？」

「あ、そうそう、親父さんが出してくれたんだよ」

「ええ？　親父……親父の作るものなんて、酒の肴くらい……あ」

　急に熊野は何かに気付いた様子で、声を上げてタラモサラダを見た。

「あ、ああ～……そうか、ちょっと待っててくれ。今作ってくるから」

　そう言うなり、立ち上がって厨房に入っていった。お手伝いしましょうか、とユウがついていく。

　そして、彼らは思いのほかすぐに出てきた。

「じゃがいも、まだ蒸かしたのあったからさ。温め直して持ってきたよ」

　そう言って、熊野がちゃぶ台に置いたのは、蒸かした男爵が入った小鉢だ。皮付きのまま十字に切れ込みが入っており、そこにバターと……塩辛が載っている。

えっ、と興呂木が声を上げた。小鉢と熊野を交互に見て、ずれた眼鏡をかけ直す。

「これ……じゃがバターに塩辛載せたやつですよね。ポテトサラダとは呼べないんじゃ……」

函館（はこだて）発祥と言われる、じゃがいもの塩辛載せだ。雪緒も好きだし居酒屋に行くと注文することもあるが、確かにポテトサラダというくくりではない。

訝しげな興呂木に、ユウが説明を加えた。

「じゃがいもに塩辛を載せる食べ方が北海道の他の地域にも広まったのは、比較的最近のことだと聞いています。それまでは、一部地域で親しまれていたものの、全道的なものではなかったと思います」

「ってことは、初めて食った蟻塚さんは、これをポテトサラダだと勘違いしたんじゃねえか？　ほら、まあ、小学生とかだったろ、当時」

「そ……そりゃそうだけど、これをポテトサラダだなんて思いますかねえ……？」

当の蟻塚の方は半信半疑の様子だ。

「それに、当時の親父が作るもんって言ったら限られるからな。これは作ってたのを俺も覚えてる。親父の親戚（しんせき）が道南にいてな、ずっと塩辛を手作りしてて、作り方を教えてもらってたんだよ。いや、まあ、今日のは売ってた塩辛だけどな。親父の教えてもらったレシピはもう残ってないからなあ」

「じゃあ、この食べ方もその親戚の方に教えてもらったんですかね」

千春は物珍しそうにまじまじとじゃがバタ塩辛を眺めて呟いた。

「まあ、詳しくは聞いてねえけど、そうなのかもな。……ほら、蟻塚さん、せっかく温め直したんだから、冷める前に食べてみてくれよ」

「あ、ああ、はいはい……」

蟻塚はどうもまだ信じられないといった様子ながら、箸を取って、芋をさらに一口大に割った。蒸した芋は見るからに熱そうで、それを口元まで運んだ蟻塚は一度顔を引っ込めたが、また顔を近づけて、何度も息を吹きかけてぱくりと食べた。途端、思いのほかじゃがいもの中心部が熱かったのか、ぎゅっと目を閉じて口を手で覆った。

「だ、大丈夫ですか？」

ユウが心配して水を持ってきたが、蟻塚はそれに気付いてもいないのか、ただ目を閉じて、じっと考え込む。

その様子は至って真剣だ。

たっぷり十秒も経ってから、彼は目を開けた。

驚いたような顔で、熊野を見つめる。

「あの……これだと思う。そうだよ、この……なんていうのかな、この風味だよ」

雪緒も気になって、取り皿に少し装って食べてみた。

ほくほくとした男爵に溶けたバターが染みこみ、そこへ塩辛がねっとりと、あたかも肝から作ったソースのように絡みつく。口の中で三つが渾然一体となって、飲み込んでもバターと塩辛の風味が残って、後を引く美味しさだ。

「美味しい！」

初めて食べたらしい千春が、相好を崩している。

「でも……どうしてわかったんですか？」

蟻塚に問われて、熊野は説明した。

「あんたさ、タラモサラダに反応してただろ。たぶん、それはなんていうのかな……生臭いってのとも違うかもしれねえが、どっちも海の……潮の味がするんじゃねえかなと思ったんだ」

「あっ……ああ……なるほど……」

雪緒は思わずそう声を漏らした。たらこは魚卵で、塩辛はイカの身とイカゴロ、つまり肝で作る。そういえば、今回のサラダの中で唯一海産物を使っているのがこのタラモサラダだ。

「じゃあ……蟻塚さんがおっしゃっていた、五十年前のポテサラがこれだとすると、蟻塚さんは確かにここで熊野さんのご両親のお料理を食べていた……ということですか？」

「そうなるだろうね。最近は割とあちこちで食べられるようになったけど、当時はそうじゃなかったからねえ」

蟻塚は五十年前のこの店を知っていたし、覚えていた。ということは、五十年前に興呂木の伯母がこの家で暮らした事実はないという彼の主張もまた、正しいのだろうか？

雪緒は興呂木を見やった。彼女は複雑な顔でじゃがバタ塩辛を見つめていたが、やがてぽつりと呟いた。

「……じゃあ、本当に蟻塚さんは、このお店に出入りしていたんですね」

「だからそう言ったでしょう？」

興呂木は蟻塚を見上げた。興呂木から今までの確信に満ちた態度は消え失せて、途方に暮れたような、困惑した表情を浮かべていた。

「伯母が言ってたんです。昔住んでいた家の庭にタイムカプセルを埋めたって……引っ越した時にそのままにしてきたから、気になってるって。それなのに住所の場所が違うなんて……」

蟻塚はハッとした顔で興呂木を見つめ返した。興呂木が『家探し』に執着する理由を、彼はこのときまで知らなかったのだ。彼は幾分うろたえたようにも見えた。今までは単純に自分の記憶の正しさを証明したかったのだろうが、こうして改めて彼女の動機に触れて、申し訳なさが芽生えてしまったようだった。勿論、蟻塚が悪いわけではないのだが、興呂木が心底から困っていることに気付いたのだ。

「何か、手がかりを探してみませんか？」

雪緒はそう言った。蟻塚はホッとしたような顔で同意した。

「そうですね、そうしましょう」

蟻塚も基本的には面倒見の良い性格だ。そうと決まると、早速興呂木の持ってきたファイルをみんなで確認することになった。

ファイルから、まずは年賀状を取り出して回し見した。

「う～ん、確かにここの住所なんですよねえ……」

千春が眉根（まゆね）を寄せて言った。蟻塚はその千春から年賀状を受け取り、眼鏡を外してまじまじと見て言った。

「こういうのって、住所間違っってても届くことありますよねえ」

そう言われて見ると、年賀状の宛先（あてさき）には『佐藤（さとう）みつ子（こ）様』とある。佐藤というのは姓としては珍しいものではないだろうから、もし住所が間違っていても届いたとするのなら、近所ではないだろうか。たとえば番地と号の順序が逆だとか、6が9と誤記されたとか、ちょっとした間違いで。

「町内会の地図……みたいなものってありますか？　当時の……住所録とか……」

雪緒の問いに、蟻塚はぱっと表情を明るくして答えた。

「それならうちにあるかもしれませんね！」

もう立ち上がってコートを手に取っている。いそいそと身支度して、あっという間に出ていってしまった。

興呂木は蟻塚を見送ると、落ち着かない様子で、廊下に立ち尽くしている。

「なあ、興呂木さん」

熊野が彼女に声をかけた。

「伯母さんから他には何か聞いてないかい？」

「え？」

「いや、あんたが言うように伯母さんが頼んだのなら、他にも何かあんたに教えていないかと思ってさ」

「いえ……」

興呂木は気まずそうに視線を逸（そ）らしたが、またちらりと熊野を見やって答えた。

「あのう……伯母から直接頼まれたわけでは……ないんです」

彼女は一つ深呼吸をした。それは溜息（ためいき）を吐くというよりは、気持ちを落ち着かせ、思考を整理するためのものに見えた。

「実は……勝手に調べてるんです。伯母にそうしてほしいと言われたわけではなくて……勿論、伯母が気にしてたのは事実です。どうしてるかなって、よく話してくれました。本当に探したかったのかはわかりません。ただ、私は探したいんです。伯母のタイムカプセルが、たとえば家の解体とかで出たゴミと一緒に捨てられたりしたら、それはとても悲しいので……」

熊野は、少しの間黙考した後、言った。

「さっき、写真を探すって言っていただろう。サクラの木はなかったが、五十年前の写真は少し見つかったんだ。町内会の祭りの写真もあったから、あんたの伯母さんが写っているかもしれない。見るかい？」

「は……はい！」

　興呂木の表情がいくらか明るくなった。

　町内会の餅つきの写真を見ながら、熊野はどれが誰だか名前を思い出そうとしていた。

「こっちが上原さん、すず子姐さんに、えーと……なんだっけ、金物屋の……あ、権堂さんだ。えーっと……伯母さんは、当時このくらいの年の頃？」

　写真に写る十歳くらいの女の子を指差して、熊野が尋ねた。ちゃぶ台の上に置いたアルバムを見つめる興呂木は、首を振った。

「もう少し小さいです」

「うーん……」

　アルバムをめくりながら、熊野は適当な年頃の子を探すが見つけられない。彼はページをめくり、また戻って前のページを一瞥した。

　それから、あ、と声を上げる。

「これ」

　熊野が指差したのは、この部屋を写した写真だ。家具が入れ替わっているものもあるが、基本的には当時の雰囲気が今も残っている。雪緒はそれをまじまじと見て、熊野に尋ねた。

「これが何か……？」

「ほら、時計がないんだ」

雪緒は写真と同じ壁を見やった。そこに鳩時計がないのだ。

「別の場所にあったんですか？」

「いや……そうだ、思い出した。親父が誰かからもらってきたって言ってたな。引っ越しの手伝いをした時に……」

「引っ越し！」

その言葉に反応したのは興呂木だった。そういえば、伯母は引っ越しているのだ。その時に、熊野の親が時計をもらったとも考えられる。

「なるほど、説明がつきますね」

引っ越した時に譲り受けたというのなら、興呂木の写真に写っている鳩時計は、やはりこのくま弁の鳩時計と同じものということになる。

「あっ、じゃあ知り合いだったのかもな。写真に写ってないかねえ」

そう言って熊野はいっそう注意して見ていったが、それらしい写真は結局見つからない。

アルバムを眺めながら、ユウがぽつりと呟(つぶや)いた。

「昔のくま弁って、こんなふうだったんですねえ」

「当時はまだくま弁じゃねえよ。肉屋だ」

「これ、熊野さん？」

千春も横から指を差した。

二十歳そこそこくらいの熊野が、この休憩室であぐらを掻いてカメラを睨んでいる。後ろには正月飾りが見える。少し年上らしい笑顔の男性に肩を抱かれているが、熊野の方は仏頂面だ。髪は短く刈り込んで、目つきの鋭さなどの印象はあまり変わらない。

「若いけどちゃんと面影があるっていうか、変わってないですね！」

「お隣はお兄さんですか？」

ユウに問われて、熊野が頭を撫で上げながら首肯した。

「そうだよ。この家と店は兄と親が建てたもんでね。俺はもう独立してたからさ、正月休みで帰ってきたらコレが建ってるわけよ。その後兄が死んで俺が戻ったんだけどさ、兄と親が自分たちのために建てたもんだからさ、なんか俺には今ひとつ馴染まなくてよ。なんてえのかな、押しつけられたみてえな感じがずっとあったんだろうな。この店も建物もさ」

熊野が建て替えたいと考えているのは雪緒も聞いていたが、建物について熊野の心情に踏み込んだ話を聞くのはこれが初めてだった。

「熊野さんは、以前はお寿司の職人さんだったんですよね」

どちらかというと雪緒に説明するように千春がそう言った。

「ああ。ここは兄が継ぐ予定だったんだが、呼び戻されてな。最初は肉屋を継いだんだが、コロッケとか惣菜が人気だったから、弁当屋にしたんだよ」

「お寿司屋さんを開くことは考えなかったんですか？」

雪緒に訊かれて、熊野は肩をすくめた。

「まあ、そうしたってよかったかもしれんけどな。近所に寿司屋があったんだよ。だからこの立地で寿司屋は厳しいし……。折角駅から近くて、建物もまだその頃はこんなに古くなかったから、売るよりはここでそのまま店を続けていこうと思ったのさ。寿司屋への未練もあったが……まあ、惣菜売ってるうちに、こういうのも悪くねえなって思ったんだ。毎日の夕飯のおかずとか、子どものおやつになるんだ。だからまあ、仕事自体は結構気に入ってさ。ただ、建物はもう少しなんとかしたかったねえ」

「熊野さん、イートインつけたいって言ってますもんね」

「俺はつけたらどうだいって言ってんだよ。それにユウ君だって前につけたいって言ってただろ」

「はは……」

「俺は下は完全に仕事場にしちまいたかったんだよねえ。そしたらイートインスペースもできるからさ。でも下にしかキッチンなくてねえ。リフォームするにしても大規模になっちまうし」

「でも、今後を考えると熊野さんは一階で暮らせるようにした方がいいですよ」

ユウがやんわりとそう言ったが、熊野は腕を組んで不服そうだ。

「そうはいかねえよ。どうせ老い先短いんだ、ユウ君たちの店になるんだから、俺のことなんか考えずに設計してもらえよ」

「そういうわけにはいかないですよ」

　千春は雪緒と目を合わせて、また始まったよ、とでも言いたげに苦笑した。熊野もユウもどうしてもここを譲り合えないらしい。

「俺はさ、この家が建った時に一言も口挟ませてもらってないんだ。まあ、そりゃここに俺が戻ってくるなんて俺を含めて家族の誰も想像してなかったからな、当たり前なんだけど。でも、そんな俺以外の家族が考えた家に、俺だけ残されちまったんだ。なんか変な感じだったよ。だから、ユウ君にはそういうことがないようにして欲しいんだ。ユウ君が一番使いやすいようにやってくれよ。俺にはそれで充分だ」

　しみじみとそう言って、熊野は話を打ち切ってしまった。

　興呂木がもじもじしている気配を感じ取ったのか、千春が明るく声をかけた。

「うちこれからご飯なんですよね。ポテサラお気に召したら、ご一緒にいかがですか？　蟻塚さんを待ちながら……」

　そう言われてみれば、もう夜にさしかかろうという時間帯だ。冬の太陽はとっくにビルと山の向こうに沈んでしまった。興呂木は一旦断ろうとしたが、結局、じゃあ、と小さな声で答えた。

結局、夕食を終える頃になっても、蟻塚は戻ってこなかった。

「連絡もありませんし……今日はもう車で送りましょうか？」

「あっ、いえ、そこまでしていただくわけには……駅も近いですし、歩きます」

雪緒の申し出を、興呂木は重ねた食器を運びながら断った。休憩室奥のミニキッチンでは、ユウと千春が食器を洗っている。今日はイワシのハンバーグがメインで、他に根菜と高野豆腐の煮物やタコときゅうりの酢の物など。さらにポテトサラダを各自好きなだけ盛った。

雪緒がちゃぶ台を拭こうとした時、玄関チャイムが鳴った。ふすまを開けて廊下に出ると、もう蟻塚が玄関で靴を脱いでいた。特に誰も出ていないのだが、鍵もかかっていなかったから入ったのだろう。

「やあ、なかなか見つからなくてね。やっと見つかって持って行こうとしたら、お客との打ち合わせの時間になっちゃってて……今までかかっちゃった」

「どう！　見てくださいよ、五十年前の町内地図見つけました！」

言いながら部屋に入り、蟻塚は鞄から出したクリアファイルを振って見せた。

帰り支度をしていた興呂木が、それを見て動揺したように一瞬動きを止めた。

「あ……ありがとうございます。拝見しても……」

「勿論、そのために持ってきたんですから。ほら、見てくださいよ」

蟻塚は、拭いたちゃぶ台の上に地図を広げて見せた。地図には手書きの文字で各戸の姓や屋号が書かれている。蟻塚はその一点を指差した。

「佐藤さんって方。年賀状の住所とは、番地と号が逆なんです。差出人が間違えたけど、郵便局の人がちゃんと届けてくれたんですね」

興呂木は目を見開いて地図を見つめていたが、急に顔を上げた。

「あの……こっ、こちら、今どなたがお住まいでしょうか？　いえ、そもそも、おうちなのでしょうか？　ビルが建ってたりとか……？」

「それがね、ここも古くなって、実は十年前にもう取り壊したんだって！　その当時の土地の持ち主と連絡取れたから相談してみたら、なんと、庭木を掘り出してる時に、缶を見つけて……捨てないで、取ってあるって言うんですよ！　電話で話したから、今日これから持ってきてくれるそうですよ！」

「そ、それは伯母（おば）の……？」

「たぶんね！」

そう言う間にもう一度チャイムが鳴った。蟻塚はほらねという顔だ。

雪緒が出ようとしたが、それより早く、興呂木が玄関に駆け寄った。ドアを開けると立っていたのは蟻塚辺りと同年代らしい女性だった。

やってきた女性は千春たちとも顔見知りだった。彼女は興奮した様子で手提げバッグから小箱を取り出した。お菓子の箱だ。

「これよ、これ！　持ち主が見つかったんですって？　あっ、ごめんなさいね、入っていた缶はぼろぼろで捨ててしまって……でも、中のものはできるだけ取ってあるの」

お菓子の箱は彼女が後から用意してくれたものらしい。興呂木は緊張した様子でその箱を受け取った。彼女は玄関に立ったまま、震える手で箱の蓋を開けた。そこにはビニール袋に一つずつ小分けにされたいくつかの品物――綺麗なビー玉やブローチなどが入っている。

「これが……みつ子伯母さんの……」

呟いた興呂木の目から涙が零れ落ちた。

彼女は箱を大事そうに抱きしめた。そこに本当に大事な人がいるかのように。その仕草で、雪緒はハッとした。

これは、今は亡き人の思い出の品なのだ。

だから、興呂木は必死だったのだ。

女性は、泣きじゃくりながら礼を言う興呂木を慰め、品物の説明をしてくれた。

「湿気のせいで紙のものは全部ダメになっちゃってたの。ブローチとかは金属部分もぼろぼろで……でも、残っていたものもあるのよ。ほら、これとかも」

女性は箱の中にあるビニール袋を一つつまみ上げた。その中には金属製の四角い物体がある。錆がひどく色もくすんでいるためわかりにくいが、オイルライターのようだ。滑らかだったろう表面には大きな擦り傷がついて、そこから錆が浮いてしまっている。

「これも缶の中に入っていたんだけど、外側だけなのよ。ケース？　と中のユニットが別みたいで……だから安全ではあるんだけど」

持ってきた女性がそう説明し、聞いていた蟻塚は首を傾げた。

「そうは言っても、小学生の持ち物じゃないですよねえ。家族のものか、または拾ったのかなあ」

いったい、何故そんなものが、子どものタイムカプセルの中にあったのだろうか。

興呂木も訝しく思ったらしく、袋から取り出した。

掌の上に置いたそれは、今にも崩れそうなほどぼろぼろに見える。

中はそこまで錆びていなかったからわかったが、どうも真鍮製らしい。ということは、五十年前はこのライターのケースもぴかぴかに輝いていたのだ。綺麗だから宝物としてタイムカプセルに入れたということだろうか。

「じゃあ、アタシもう帰るわね、遅いし」

「あっ、ありがとうございました！」

興呂木は大事そうに箱を抱えたまま頭を下げ、彼女を外まで見送った。

戻ってきた興呂木はまだ涙ぐんでおり、照れたように涙を指で拭って笑った。

「すみません、お見苦しいところを」

「いや！　そんなこと……大丈夫かい？」

蟻塚は心配そうだ。興呂木は部屋に戻り、箱をちゃぶ台においた、改めて説明してくれた。

「実は、伯母は先月、病気で……。私は伯母には可愛がってもらっていたので、しばらく何も手に付かなくて……そんな時、伯母が生前話していたことを思い出したんです。前に住んでいた家の庭にタイムカプセルを埋めたって……思い出したら、どうしても探したくなってしまって、当時の年賀状を見つけて、ここまで来たんです」

それまであまり話に関わってこなかった熊野が、熱い茶を淹れて興呂木の前に置いてくれた。

「形見……としてとっておきたかったのかい」

「そうですね。他にも形見といえるものはたくさんありましたけど、病気で苦しんでいた伯母が、このタイムカプセルのことはとても楽しそうに語っていたんです。子どもみたいに無邪気に笑っていて。私は、楽しそうな伯母を思い出すよすがとして、これを手元に置きたいと思っていたんです」

少し考え込む様子を見せてから、熊野は自分も茶を一口飲んだ。熱さにか、眉間に皺を寄せる。彼はぽつりと呟くように言った。

「思い出を抱えているのは、辛くはないかい」

急に熊野がそう言ったので、雪緒は驚いた。そんな厳しいことをどうして今言うのだろうか。

だが、興呂木は困惑しながらも真っ直ぐに答えた。

「え……わ、わかりません。そりゃ、時には思い出して辛くなるかもしれませんが……

でも、その……伯母が確かに生きていた、気配のようなものがあれば……って思ったんです。それですぐどうこうなるというわけではないでしょうけど、でも、あの……高校からは伯母と暮らしていたので……今も、伯母と暮らした家にいるので……楽しそうにしていた伯母を覚えて、暮らしていきたいんです」

熊野はまたしばらく考え込み、ぴしゃりと自分の頭を叩いた。

「そうかい。悪かったね、変なこと言って。俺は……この家に、家族で最後に残されちまった人間だからさ。そういうの、却って嫌だったんだよ。家族の気配を感じる家に暮らすのがさ。家族の物に囲まれて生きるのは、余生を送ってるみたいな気分になるよ。両親、兄貴、女房、娘……みんな俺を置いていっちまったからさ。だが……そうかい。興呂木さんは若いのに、俺よりずっとしっかりしてて、頑張ってるんだな。あんたが見つけたかったものが見つかってよかったよ」

そう言って、熊野は箱の中の『思い出のよすが』を眺めた。

その目が、ふと見開かれる。

意表を突かれたような、呆然とした顔に見えた。

彼の視線に気付いて、興呂木が声をかける。

「あの、何か？　あ、このライターですか？　よかったら手に取ってみてください」

興呂木はそう言って、ライターを差し出した。

「あ、ああ……」

熊野は瞬きを繰り返し、そのライターを見つめ、そして手に取った。

ざらざらと錆が擦れて匂いが立つ。熊野は角をじっと観察し、指でなぞっている。

「へこんでる……」

「え？」

熊野が何か言った。雪緒が聞き返すと、彼はもう一度、途方に暮れたような顔をして言った。

「これは、俺が大昔に窓から放り投げたライターかもしれん」

え、と興呂木は聞き返した。他の人間は唖然として聞き入っていた。

熊野は、半世紀前の話を語ってくれた。

❄

若い頃の熊野鶴吉は小樽で働いていた。札幌の実家に帰るのは年末年始くらいで、その年も大晦日に帰省していた。のんびりしていたかったのに、親にはやれ雪かきをしろだの親戚の家へ行くぞだの、なんだかんだと命令されてうんざりしていた。

そして、うんざりしながら、彼は実家への道を辿っていた。

家族で近所の親戚の家に挨拶に行ったのは昼過ぎのことだ。そこで鶴吉が子どもたちの相手をしているうちに親と跡取りの兄は町内会の会合とやらに行ってしまった。どうせ大人たちが飲んで騒いで麻雀でもするのだろう。鶴吉だって近所の中年たちの間に放り込まれるのは面倒だから行きたいとは思わない。

だが、一言断って行ってくれよとも思う。こっちは知らずに子どもと遊んでいたのだ。雪かきを二時間もさせられて、さらにその後子どもの相手だ。仕事とはまた異なる疲労を感じて、鶴吉は首をごきごきと鳴らした。

親戚の家がある住宅街では、歩道に除けた雪が山と積まれて、路肩もそうやって除けた雪でかなり埋まっている。歩道が歩ける場所は歩道を、そうではないところは車道を歩く。

寒さに凍え腹の中で一頻り悪態を呟きながら、十五分も歩いただろうか。

ふと目線を上げると真新しい実家が見えた。引き渡しからまだ一年経っていない。これからローンを返済していくのは親と兄だ。屋根材とか、間取りとか、散々親たちは悩んでいたようだが、鶴吉には何の関係もない建物だ。ここが今年から実家ですと言われてもどうにもピンとこない。

「あん？」

誰もいないはずの実家の二階に明かりが灯っている。

電気を消し忘れたかと考えたが、そもそも昼間に出たので道路に面した二階のあの部屋は電気など点けていなかったはずだ。

誰か飲み過ぎでもして帰っているのだろうか。

何もなければそれでいいが、念のため明るい窓を注視しながら鶴吉は近寄った。

突然、その窓ががらりと開いた。顔を覗かせたのは、幼なじみの正だ。

正のやつ来てたのか。

正は鶴吉のはとこで、家も近所で幼なじみとして育ってきた。出会ったのは幼少期を過ごした函館だが、その後鶴吉一家が札幌に引っ越して別れた。今は鶴吉は小樽の店で働き、正は進学のため札幌にある別の親戚の家に下宿している。顔を合わせる可能性があるのはこの時期だけだ。

大方、会合に行く前に家に立ち寄った母親と出くわし、上がって待ってろとでも言われたのだろう。正はリラックスした様子で窓辺にもたれて煙草を吸っている。こんな寒い日に窓を開けなくともいいのに、と鶴吉は思ったが、正なりに新築の建物を気遣っているのかもしれない。

声をかけようと思ったが、なんとなく正の方がよほどこの家でリラックスしているように見えて、言葉を呑み込んでしまった。高校を出た頃とあまり変わらない、どこか幼い顔立ちの正は、暮れゆく空か、あるいは明かりが灯っていく街並みを眺めて満足そうだ。

優雅なもんだなと鶴吉は思い、嫉妬しているようだと自分で自分を嘲笑った。

最近仕事で怒鳴られてばかりだからおかしなことを考えるのだろう。この休みに入る前だって、戻ってこなくていいとかおまえの仕事なんかねえからなと五年目の先輩に言われていた。休みくらい心身ともに休みたいのに、ぐだぐだ思い返してそんなことばかり考えてしまう。自分の五年目にはきっとあんなやつよりずっと上を行ってやるのに、と密かに胸中で悪態を吐いている。そろそろ本人を前にして実際に口にしてしまいそうだ。

進学した正は、鶴吉とはまた違う場所にいる。別に鶴吉は進学したかったわけではないが、どこかのんびりとした正を見ていると、なんとも言えない気持ちになる。

正の手が、窓枠に置いた灰皿に灰を落とした。

彼は煙草を灰皿に置いたまま、両手で何やら金色に輝くものをいじっている。

うん？　と鶴吉は瞬きをした。

金色、真鍮のそれは、鶴吉がなくしたと思っていたライターだ。

なあんだ、あいつが見つけてくれたのか！

きっと部屋のどこかに落としていたのだろう。いや、単純に机の上に置いたのかもしれない。真鍮製のそのライターは、鶴吉が散々頼み込んで、去年成人の祝いに兄から譲り受けたものだ。

「おーい、正……」

声をかけたが、その時ちょうど正ががらがらと音を立てて窓を閉め、その音に鶴吉の声はかき消されてしまった。

鶴吉は上げた手を下ろし、気恥ずかしさを覚えながら周囲を見回した。平日の朝ともなれば市電の停留場を目指し寒さに耐える住民が見られるが、正月の通りに人気はなく、犬の鳴き声が聞こえたきりだ。

　鶴吉は下ろした手で頭を掻いて、鍵のかかっていない玄関扉を開けて実家に入った。

　すぐに音楽が聞こえてきた。どうも、兄のお気に入りのレコードをかけているらしい。男性歌手の歌声とピアノの音色だ。ついでに鬱陶しいことに正の鼻歌も。

　正は鶴吉の足音が聞こえていないのか、一人で盛り上がって歌い始めた。真鍮製のライターをいじる正の手つきを思い出し、鶴吉は苛立ってきた。あのライターを手に入れるために、鶴吉は兄を拝み倒したのだ。正はそれをまるで自分のもののように弄くっていた。おまけに部屋の主のように兄のレコードまでかけて。

　実家に所在のなさを感じていた鶴吉は、正への苛立ちを募らせて、まあつまりは半分くらいは八つ当たりで文句の一つ二つ言ってやろうとがらりとふすまを開けた。

　さっきまで窓を開けていたせいで、音楽が流れる部屋は冷えていた。

ん、と歌いやめた正が振り返った。彼は今まで文机に向かっていた。何か文机で作業していたらしい。正は彼を見て悪びれずに笑った。子どものような笑顔に毒気が抜かれそうになるが、気を取り直して文句を言うべく眉をつり上げた鶴吉は、その文机の上のものを見て目を見開いた。

　文机の上には、ライターがあった。

ただ、内部のユニットが引き抜かれている。そのための工具や手入れの道具らしきものも並んでいる。

「おい、勝手に何してんだよ」

「手入れだよ」

そう言って正は抜き出した内部ユニットを鶴吉に見せてきた。

「ほら、ここに煤がつくだろう。綺麗にした方がいい。それに、芯も少し整えた方がいい。これだと炎が小さくなってたんじゃないか？　そうしたらここを……」

「な……なんだよ、勝手に人の弄くって説教垂れるな！」

「説教じゃ……」

「とにかく頼んでないことするな！」

鶴吉はそう怒鳴ってライターに手を伸ばした。

「あ、待てよ、まだ――」

その鶴吉の動きを正が邪魔する。それにまた腹を立てて、鶴吉は強引にライターを摑み取った。それは内部ユニットを引き抜いたケースだけの方で、真鍮製のそのケースは布で磨かれてぴかぴかと光っていた。

だが、ケースの角の一つが凹んで、その表面に小さな傷が幾つもついている。

「……なんだこれ」

それは、明らかに角から落としてつけた傷だ。

鶴吉がつけた傷ではない。

「ああ、それは――」

正は説明しようというのか口を開いたが、ハッと何かに気付いて口を噤んだ。

「なんだ、説明しろよ！　おまえがやったのか⁉」

正の胸ぐらを摑んで顔を間近で睨み付けた。いつも飄々として見えた正が、驚いた顔で鶴吉を見上げた。最初は呆気にとられたような顔で、それからキッと鶴吉を見据えて言い返した。

「誰がやったってどうだっていいだろ！　傷くらい使ってたらつくんだ。それよりちゃんと使えるように手入れを……」

「誰がやったっていいってことはねえだろ！　おまえがやったんならそう言えこのバカ！　下手なごまかし方してんじゃねえぞ！」

鶴吉は苛立ちから正を突き飛ばし、正はそれでカッとなったのか鶴吉を手で押し返した。

「何がごまかしだ！」

「ああ⁉」

その後はもう、どちらから押したか突いたか、二人ともわからなかった。とにかくほとんど同時に双方の手が出て、鶴吉が正の胸ぐらを摑み、正がその手首を摑んだ。正の手を払いのけようと振り上げた鶴吉の拳が、正の顔に当たった。それで正の方も拳が出た。

後はもう、ライター一つで殴り合いの喧嘩だ。

そんな喧嘩、小学校の時以来だ。言い訳にもならないが、たぶんお互い酒が入っていたし、鶴吉は色々なことに少しずつ苛立ってもいた。自分がなんとなく馴染めないでいる実家に、やたらと馴染んでしまっている正の存在に。何をしていてもどこか優雅で、のんきで、ライターの手入れくらいしろと説教してくる幼なじみ。本当は鶴吉だって大事にしているのに、手入れなんてよくわからないから放っておいてしまっていた後ろめたさで、つい乱暴な態度になった。とはいえ正も正で、この態度はふてぶてしい。

最終的に、むしゃくしゃして仕方なくなった鶴吉は、窓を開けてライターを放り投げた。その寸前に鶴吉に殴られてよろめいていた正は、鶴吉の行為を目の当たりにして驚愕していた。

「なっ、何やってんだよおまえ！　それ……」

「うるせえな！　他人に傷つけられたライターなんざもうどうでもいいんだよ！　欲しけりゃあおまえにくれてやる！」

そう啖呵を切って、鶴吉はライターの内部ユニットを正に投げつけた。正は顔面めがけて飛んできたそれを手でなんとか受け止めたが、鶴吉につられたような先程までの怒りは鎮火されてしまったのか、呆けた顔で鶴吉を見つめている。

「おい、そんなこと言うなよ！　別に俺はおまえから取ろうってわけじゃ――」

「うるせえな、とっとと出て行け！」

正はそれ以上は何も言わず、部屋を出て行った。

開けっぱなしの窓から入ってくる冷風のために、部屋はすっかり冷えてしまった。

だが窓を閉める気にもならず、鶴吉はそのまま部屋の真ん中に座り込み、煙草を吸おうとして一本取り出したところで、ライターを失ったことを思い出し、煙草をくしゃくしゃにして箱ごとくずかごに投げ捨てた。

なんだかんだ、それ以来、結構長い間禁煙してしまった。実家からも足が遠のき、兄が若くして亡くなるまで、鶴吉はほとんど帰省しなかった。

『くま弁』が、まだ『熊野精肉店』だった頃の話だ。

窓の外からは、近所の犬の声が聞こえてきた。


はとこと喧嘩になってライターを投げ捨てた、と聞いた千春もユウも、驚いてどう言ったらいいのかわからないという顔だった。

「これが、その時投げ捨てたライターだというのは……何か特徴が一致したんですね？」

ユウがそう切り出すと、熊野は錆びたライターの角をユウたちに見せた。

「ここが凹んでいるんだ。まあ、ぼろぼろだからわかりにくいが、傷がついてる」

「えっと、今の熊野さんのお話だと、はとこの方が傷つけたっていう……」

熊野は考え込む様子で下唇を出し、肩をすくめた。

「まあ……なんだ、そうじゃなかったんだ。すぐにわかったんだが、このライターが傷ついていたのは、俺の兄貴が使ってて、落としたからなんだ。兄から聞いた話だと、部屋で俺が置きっ放しにしていたライターを見つけて、なんとなくそれを使って煙草を吸おうとしたら、落としちまって、傷つけたんだと。で、兄貴は幾ら自分がくれてやったものだからって、勝手に使って壊したら弟の俺が怒るって思ったんだろうな。細かい作業が得意なはとこに直してやってくれって頼んだわけだ。修理中、俺に見つかって問い詰められたはとこは、兄貴がやったとも言えなくて、俺ははとこがやったと勘違いしたんだ。そもそも、傷がついたなら磨けばまだもう少し目立たなくなってたかもしれないんだよ。それをかんしゃく起こしてさあ。いやあ、若い頃のこととはいえ恥ずかしいよ」

「そのはとこさんとはどうしたんですか？」

蟻塚が遠慮しながらも興味を抑えられず尋ねると、熊野は肩をすくめた。

「それ以来、連絡取ってないんだよ。今頃どうしてるのかね」

今度は千春が目を丸くした。

「えっ！　お友達だったのに、全然なんですか？」

「そう……ああ、いや、何年か前に親戚の葬式で、ちらっとくらいは……でも、直接は話さなかったな。なんでも、故郷に戻って家業を継いだと聞いているが」

「じゃあ、函館に……」

「そう。どうしてるかなあ。生きてるといいけどねえ」

お互い歳だからさあ、と言って、熊野は少し寂しげに笑った。

「今からでも、仲直りした方がいいんじゃないですか？」

心配した様子の千春にそう言われて、熊野は唸って自分の形良い頭を撫で上げた。

「まあ……どうかねえ。あいつもさすがに怒ってたからさあ……今更そんな昔のこと蒸し返してまた喧嘩するよりは、こうしていた方がお互いにいいんじゃねえかなあ」

そうだろうか、と雪緒は思った。蒸し返したくないという気持ちはわかるが、熊野は笑い飛ばしながらもどこか寂しそうで、後悔も見える。

とはいえ、簡単にそれは違うのではないかと反論もできなかった。熊野は年長で、彼なりの哲学でもうこの歳まで生きてきたのだ、今更他の人間が口を出すのも……と雪緒も考えた。

だが、ユウはまっすぐに熊野に顔を向けて言った。

「そうでしょうか？」

ユウは躊躇いも見せず熊野を見つめていた。まるですべてを見通すような目だった。

熊野はそんなふうに真っ正面から反論されるとは思わなかったのか、呆気にとられている。

それから、徐々に表情が移り変わっていった——驚きと呆れの表情が、納得し、自らに言い聞かせるような神妙なものに。

「……そうなんだよ。もういいさ」

痛みを畳んで笑い皺の中にしまい込むように、熊野は微笑んだ。

函館か、と雪緒は胸の中で呟いた。

雪緒にはとこの住所を訊かれた熊野は、鳩が豆鉄砲を食ったみたいな顔をした。

興呂木の伯母のタイムカプセルが見つかった数日後のことだ。その日最後の配達を終えて戻ってきた雪緒は、休憩室で夕刊を読む熊野に尋ねたのだ。

ばさりと新聞を折り畳み、雪緒を睨み付ける。

「函館の住所なんて知ってどうするんだい？　あ？　行く？　行くって……本当に直接函館行くつもりなのかい？　手紙ですらなく？　待ちなよ、ちょっと……いや、本気かい？　おかしいだろ、せっかくの休みに函館まで行くなんて！　俺のはとこに会いに⁉」

「元々小旅行をしたかったんです、たまたま行く先が函館だからついでに訪ねてみたいだけです。それに、熊野さんだって、ライターのケースを受け取ってたじゃないですか」

興呂木はライターが熊野のものだと知ると、庭で見つかったケースを熊野に受け取って欲しいと申し出て、熊野も受け取っていた。

だからなんだよ、と熊野は不満そうに口元を歪めて言った。

「思い出のよすが……にするのはまだ早いんじゃないかと思ったんです。だって、はとこさんもご存命ですよね？」

「そういうんじゃねえよ、思い出なんてもんじゃねえんだから」

「……私も最近悩んでることがあったんですよ」

「うん？」

ふふ、と雪緒はおかしくなって微笑みを漏らした。

「でも、熊野さんが五十年ももやもや悩んでたの知ったら、私も半世紀ももやもやする前に、さっさと本人と直接話そうって思えたんです。ですから、これは私から熊野さんへのお返しみたいなものです」

「お返しって……いや、ももももやってなんだい！　別に俺はもやもやなんてしてないよ」

「わかりました。じゃあ、私が勝手にそう受け取ってしまっただけですけど、熊野さんのお話が刺激になったので、ついでに若い頃の熊野さんを知る人にお話を聞いてきます」

多少茶化したものの、雪緒はごく率直に語っていた。

ついには熊野は長々と溜息を吐くと、どすどすと足音高く休憩室に入り、電話のそばにあった古いアドレス帳をめくって、随分古い年賀状を一枚取り出した。

「俺が知る限り、最後に住んでたのはここだ」

文字だけのシンプルな年賀状は、黄ばんで角はぼろぼろだったが、当時もお年玉くじ付き年賀はがきはあったんだなと気付いて、雪緒はなんだか親近感を覚えた。

「まったく……ほら、あと……ちょっと待ってなよ！」

そう言って戸棚を開けてしばらくばたばたしていた熊野は、一旦二階に上がって、また戻ってきた。手には大ぶりの封筒がある。定型郵便物ぎりぎりの長形3号封筒だろう。受け取ると、少し重みを感じるし、手紙にしてはかさばっている。

「これは……」

「ケースだよ。ライターの……あいにくとケースだけだが、持ってって、もしあいつが見つかったら渡してくれよ。話のネタにはなるだろう。あいつは気難しいクソジジイになってるだろうから、そんなのでもなきゃ話もしねえかもしれない」

「お渡ししてきて、いいんですね？」

「ああ。今更物に執着しねえよ」

「わかりました。お渡しします」

熊野はしっしと雪緒を追い払うように手を振った。

「明日出発だろう。今日はもう帰りなよ。ほら、とっくに十時だ」

「はい。それじゃあ失礼します。お疲れ様でした」

雪緒は笑みをかみ殺し頭を下げた。

函館には過去にも一度来たことがある。

五年ほど前だっただろうか。良いところだったからまた来たいと強く思ったが、何しろ札幌からだと高速を使っても四時間強かかる。そう、四時間以上だ。地図上では札幌のちょっと南の方に見えて、実はものすごく遠いのだ。ちなみに特急列車でも四時間弱、運賃は自由席で一万円弱、バスだともっと時間はかかるものの半額くらいで行ける。

十二月中旬、冬休みを前にしたよく晴れたその日、雪緒は無事に函館市に入った。

ドライブ旅行のつもりでもあるので、雪緒は途中のサービスエリアでも充分に四肢を伸ばし、ぶらぶらと特産品などを見て回った。道路状況も快適で、インターチェンジを降りてからもまだ昼頃だったおかげか道も混んでいなかった。

目星を付けていた人気店でハンバーガーに齧り(かじ)ついて空腹を満たしてから、車を運転して近郊の温泉地へ向かう。そこで熊野のはとこは民芸品を扱う店をやっているとのことだった。

今も店が同じ場所にあることはインターネットで確認済みだが、路面電車の終点近くにあるその店に辿り(たど)着くまで、雪緒は不安だった。果たして店はそこにあり、今も営業中だった。

泉籠製作所という看板が掲げられた木造二階建ての建物だ。かなり年季が入った建物で、レトロな出窓には籠とキツネモチーフの工芸品が並べられている。

　店先からそっと覗き込もうとすると、自動ドアが開いてしまったので慌てて中へ入る。室内は暖かく、コートを着込んでいると暑いくらいだ。店内には手作りの籠とキタキツネモチーフの可愛らしい工芸品、地元の作家の陶芸作品などが陳列されている。

　いらっしゃいませ、と声をかけられて奥を見ると、中程にあるレジカウンターの向こうに、籐椅子に座った男性がいる。雪緒を見てにっこりと微笑むと、また手元の新聞に目を落としている。老眼鏡をかけた穏やかそうな男性で、ちょうど熊野と同年代くらいに見えた。

　あっ、この人がそうなのか、とも思ったが、何しろ熊野が言うイメージとはかけ離れていて、にわかには信じられなかった。思わずじろじろと眺めていると、男性は顔を上げ、何か用かと立ち上がった。立ち上がって初めてわかったが、痩せているが背は高めで、丈夫そうなキャンバス地の作業用エプロンを身につけている。

「何かご入り用でしょうか？」

「あっ……すみません、私札幌から来ました久万と申しますが……泉正さんでいらっしゃいますか？」

「はい、私が泉正でございます」

　少し驚いたように泉は姿勢を正した。雪緒は相手の反応を見ながら熊野の名前を口にした。

「熊野鶴吉さんという方をご存じでしょうか？」

「……はい」

泉はハッと息を呑んだ。明らかに何らかの予感に衝撃を受け、覚悟すべく身を強張らせている。雪緒は慌てて彼の抱いたであろう予感を否定した。

「熊野さんはお元気です！」

それを聞いて、泉は一瞬放心したような顔をして、顔の汗を拭った。

「そうでしたか、いや……はは、ほら、私らもこんな歳ですからね、いつ何があってもおかしくないですから……」

「す、すみません……あの、私は札幌のくま弁という店で働いている者なんですが、熊野さんから、泉さんのことを伺いまして」

何から話せばいいのかわからず、雪緒は鞄から封筒を取り出した。封筒を開けて、ライターのケースを取り出そうとして——あることに気付く。

ケース以外にも入っているものがある。しかも泉宛てではない。

「…………」

だが、ひとまず雪緒はそのことには触れず、黙って封筒の中からライターのケースを引っ張り出した。それは磨かれて、真鍮の煌びやかな輝きを放っていた。

「これを……預かってきました」

擦り傷は僅かに残っているが、錆は落ちて、隅々まで見事な輝きを取り戻している。ぴかぴかと輝くそれを泉は口を半開きにして見つめ、促されるままに手を伸ばしてそれを両手で受け取った。おっかなびっくり、壊れ物を触るように抱えて、色々な角度から眺める。小さく残った擦り傷を見つけて、それを指で恐る恐るなぞっている。

彼は信じがたいという目で雪緒を見た。

これがなんなのか、はっきりと理解している目だった。

「これを、鶴吉が？　あの頑固者が、私に？」

「はい」

「あいつは、何か、大変な病気とかなのかい……？」

「えっ？　いえ、お元気ですよ」

さっきも同じことを言ったなと思いながら、雪緒は繰り返した。

「いや、でも……死に際とかに託すならまだわかるが……これを、あいつがねえ……」

泉は熊野のことを、死に際にならないと和解もできないと思っているらしい。ユウからはっきり言われても頑なに拒否していたことを思い出し、実際、それに近いものではあったなと雪緒も思う。

だが、それでも熊野は行動に出たのだ。

今度は泉の番だ。

雪緒の視線を受け止めて、泉は頭を掻いた。その仕草はなんとなく熊野と似ていた。

「わかった……ちょっと待っててくれ」

　そう言うと、彼はのれんで仕切られた奥の間へ引っ込んだ。すぐに入れ替わりで中年の女性店員が店番に立った。彼女は新しく入ってきた客と雪緒に紙コップに入った熱いお茶を試飲だと言って振る舞って、愛想よく籠細工の説明をしていた。

　十分ほども経って戻ってきた泉は、右手に先程のケースを、左手にまた別の何かを持っていた。それは、ライターの内部ユニットだった。

「事情は聞いてるかな……これ、実はあいつとの喧嘩の後……私が持ち出してしまったんだ。私が勝手に使って傷つけたって思われたことも、あいつがこっちの言い分も聞かずに怒ってケースを投げ捨てたことも何もかも腹が立って仕方なくてね……こんなもん捨ててやるって思ったけど、結局捨てられなくて、あいつが何か言ってきたら返そうと思っててさ。まあ、そんなこと言ってるうちに何十年と経っちまったよ。オイルも入れてみたけど、さてどうかな……」

　泉はケースにユニットをはめ込むと、早速蓋を開けて火を点けようとした。

　だが、何度親指でフリントホイールを回しても火が点かない。しばらくライターを眺めて考え込んでいた泉は、顔を上げて雪緒を見やった。

「君、宿取ってあるの？」

「あ、はい。一泊二日で明日帰ります」

「じゃあ、明日、ここに来られる？」

「はい。午前中でしたら……」

十時に再訪することを約束し、雪緒は泉と別れた。泉の方は意識がライターに逸れていて、別れはひどくおざなりだった。

雪緒は気にはなったものの、ライターケースを無事に泉に渡して、一仕事終えた安堵感を味わいながら、店を出た。

ともあれ、函館だ。

絶景スポットに行って、海の幸を味わって、史跡で歴史に思いを馳せるのだ。一泊二日では到底堪能しきれないだろうが、残りはまたの機会に回すしかない。

今はこのときを楽しもう。

雪緒は抜けるような青空の下、まずは愛車に乗り込んだ。

前世紀に作られたエンジンは、二五〇キロの道のりを経てなおも軽快に回ってくれた。

日中は函館市内を散策し、宿で食事を楽しんでから函館山で夜景を眺め、布団でゆっくり寝て、早朝から朝市を訪れ、約束の十時にはまた泉の籠製作所に戻ってきた。

雪緒が店に入ると、泉は昨日と同じように籐椅子に腰掛けて新聞を読んでいたが、雪緒を見て新聞を畳み、立ち上がった。

彼は挨拶もそこそこに、ポケットからライターを取り出した。昨日は何度試しても着火しなかったのだが、今日は泉が蓋を開けてフリントホイールを回すと、即座に火が点いた。驚く雪緒に、泉は蓋を閉じて一度火を消し、説明してくれた。

「フリントホイールがダメになったかと思ったけど、それは無事だったみたいなんだ。だからほら、ここの芯と、あとフリントも新しくしてね。オイルも綿にうまく染みてなかったからそれも手入れして……そうしたらほらね」

誇らしげに泉はライターの蓋を上げて火を点け、また蓋をして火を消す。

「じゃあ、これは熊野に渡してくださいね」

そう言って、泉はそのライターをそのまま雪緒に手渡した。

「……えっ？」

咄嗟に受け取ってしまってから、驚いて聞き返す。

泉は、さらに、はい、と雪緒に一枚の絵はがきを差し出してきた。

「これもね、一応」

函館の夜景を写した、美しいが市内のあちこちで売っていそうな絵はがきだ。はがきを受け取った時に目に入ってしまったが、ただ、『元気か？』とだけ書いてある。その字は、年数を経てはいたが、あの時くま弁の休憩室で熊野が見せてくれた年賀状にあった字と同じ癖を持っていた。

「……わかりました。お渡しします」

雪緒は大事に鞄にしまい、ずっと気になっていた籠と携帯用の靴べらを買った。木製の靴べらは、持ち手でキツネが眠っているようなデザインだ。

「あっ、そうそう、これもあげるから」

会計をしながら、思い出したように泉は一旦奥に引っ込んで、瓶詰めを二つ持って戻ってきた。

「これね、うちの手作り。今の気温だし帰るまでは常温でいいけど、早めに冷蔵庫に入れてね」

それは、イカの塩辛だった。きちんとパッケージされて、シールも貼ってある。どうやら売り物でもあるらしい。

「私にとってはお袋の味でね、店にも出しているんだよ」

「ありがとうございます。いただきます」

塩辛二瓶と籠、靴べら、そして絵はがきとライター。持ち運びやすいよう泉が紙袋に入れてくれたが、実際以上に重く感じて、雪緒はしっかりと両手で荷物を抱え直した。


雪緒が札幌に着いた頃には、夕方になっていた。十二月の北海道では太陽はあっという間に落ちるから、十七時といえばもうかなり暗い。

くま弁を訪ねると、熊野が迎えてくれた。

玄関で、やあ、もう帰ってきたの、と出迎えた熊野の鼻先に、雪緒は絵はがきと塩辛と靴べらを次々に突きつけた。

「どうぞ。靴べらはお土産です」

「いらないよ。そういうつもりで渡したわけじゃねえんだから……」

熊野は押し返そうとしたが、雪緒は封筒をひらひらと振った。

熊野が雪緒に渡した長形3号の封筒だ——実はその中にはライターの他に、もう一回り小さな封筒が入っていて、そこに現金が収められていたのだ。小さな封筒には、久万雪緒様と熊野の字で書いてあったので、雪緒は一目見てその意図を察した。ご丁寧に現金の入った封筒には一緒に一筆箋も入っており、そこには、必ず自分のために使うこと、と書いてあった。

「ちゃんと自分のために使いましたよ。カフェ行って、朝市行って、お土産買って。でも、このお土産は熊野さんのために私が自分のお金で買ったんです。はい、使ってください」

熊野は渋々靴べらも受け取った。眠るキツネに目を留めて、可愛すぎないか……？と顔をしかめて呟いた。

「前に携帯靴べら壊れたっておっしゃってたので……」

「そりゃあ、まあ……」

最終的には熊野は諦めたように礼を言った。

「ありがとう。受けとっておくよ」

「いいえ。それから、これも」

雪緒が差し出したものを、熊野は手を出して受け取った。

それは、ケースだけだった時より、ずっしりと重くなったライターだ。

熊野は、何故それが重くなって返ってきたのか悟ったらしい。顔を赤くして怒りだした。

「…………あ！」

「あの野郎！　やっぱりあの時持ってったんだな！　くそ、どれだけ捜したと思っているんだ！」

「ちゃんと火が点くようにしてくれましたよ」

「そんな問題じゃないんだよ！　畜生め、こんなもの寄越して俺が許すとでも……」

「私、もうこれ以上持って行きません。返すなら自分で会いに行ってください」

雪緒は先手を打ってそう断っておいた。

熊野はまだ泉に対する一通りの罵り言葉を言いたそうだったが、苦虫を噛み潰したような顔をして、ぴしゃりと自分の頭を平手で叩いた。

「まったく、仕方ねえなあ！　まったく……だいたい、絵はがきってなんだよ。せめて電話番号とかあるだろうが！」

「電話なら名刺もらったのでありますよ」

雪緒は鞄から名刺を取り出した。

熊野は雪緒を睨み付け、凄い勢いで名刺を奪って、大股で部屋に入った……が、すぐにひょいと顔だけ出して雪緒に話しかけた。

「結局、この建物の建て替えはやめたって話はしたか？」

「いえ」

「やめたんだよ。リフォームはするけど。馴染めねえなあって五十年言い続けてきた家だったけど、まあ、そんなこともあるよな。馴染めないってことに馴染んじまったんだから、人間ってのは悲しいもんさ」

　悲しいと言いながらも熊野は笑っていた。カラカラと笑って、また部屋に引っ込んだ。

　それから、すぐに怒鳴りつけるような声が聞こえてくる。函館の泉に電話をかけたのだろう。

　その声の調子に、雪緒は思わず笑ってしまった。きっと、熊野と泉は昔、こんなふうに遠慮なしに話していたのだ。ごく普通の若者二人が言い争う様がまざまざと浮かんだ。

　雪緒は潮風を嗅いだように感じてふと息を吸い込んだ。室内にいて勿論潮風を嗅ぐことなどないのだが、なんだか開けっぴろげで、自由な心地がした。

　雪緒はどうやら、届けられたらしい。

「雪緒さん」

　雪緒は玄関から外に出たが、そこでたまたま帰宅してきた千春とユウに出くわした。

「こんばんは」

「こんばんはー！　旅行楽しかった？」

「はい！　やっぱり函館良いですねえ。ゆっくりしたいという気持ちと、たっぷり遊びたいという気持ちのせめぎ合いでしたね」

　千春はけらけらと笑った。

　ユウが図面が入った大きなトートバッグを持っているのを見て、雪緒は蟻塚への相談だと察した。

「建て替え、やめたと聞きました」

「ああ、熊野さんから？　そうなんだよね。やっぱり、この建物にも愛着があって……どうせなら、もう少し使わせてもらいたいなという結論になったんだ」

　ユウはそう説明し、千春も補足した。

「でも、色々古くなっているから、そっちは直そうと思って。ほら……この前、興呂木さん来てくれたでしょう。話しているうちに、古い建物、もう少し維持できないかなって思うようになったんだ。元々修繕しながら使ってるし、建物自体はまだもつって蟻塚さんも言ってたし」

　千春は心なしか以前の打ち合わせの前より嬉しそうだ。

「前は熊野さんが一番の建て替え推進派だったんだけどね、今はリフォームでもいいよって言ってくれたんだ！」

　熊野に気持ちの変化をもたらしたのは、興呂木の件だろうか。あるいは、旧友との思い出の品が契機になったのだろうか。

　何もかもをうち捨てるのではなく、故人の記憶や馴染まないものを一緒に抱えて暮らすことを選び、『馴染んじまった』と言う熊野は、飄々としていながらもしなやかで力強く見えた。

「意見が一致したから、今日は改めてお断りに伺ったんだよ。でも、リフォームで今後もお世話になるんだけど」

ユウと千春はくま弁を見上げた。雪緒もつられて、同じように見上げた。寒空の下、枯れた蔦がかさかさと鳴った。その建物全体に、雪緒は心の中で呼びかけた。

これからもよろしくね。

半世紀経つ前に、雪緒も連絡をしなければならない相手がいる。

帰宅したら電話しようと思っていたのだが、なんと話そうかと考えるうちに、はたと雪緒は気付いた。

「……誤解か」

函館帰りの車を駐車場に停め、降りてトランクの荷物を取ろうとした時だ。蟻塚と興呂木のこと、そして熊野と泉のことを考えていたのだが、唐突にその考えが閃いた。

自分と粕井との間にも、何か誤解があるのかもしれない。

「なんだろう……」

考えながら、ショルダーバッグを肩から下げて自室に向かう。誤解……そういえば、彼はいつからちょっとよそよそしくなったのだったか。秋、そう、秋が深まる頃にはもうなんとなく距離を感じていた。もっと前はどうだったろうか？

「……十月……九月……九月？」

口に出してぶつぶつ言いながら、鍵を開けて部屋に入る。たった一日半留守にしただけなのだが、部屋は少し空気が籠もって、しんと静かで、自分の部屋ではないように感じられた。

電気と給湯器とストーブをつけて、しばらく荷物を片付けるなどしてばたばたと動き回り……そこで、あっと叫んでお土産の籠を取り落としそうになった。籠はとりあえずテーブルに置いて、記憶をなぞる。九月といえば、親と一騒動あった月だ。親が雪緒の写真を使って勝手に婚活をしていて……それをなんとかやめてもらって一安心したのはよかったものの、考えてみればその後婚活の話について粕井に詳しくは説明していなかった……と思う。

雪緒はすぐにスマートフォンを取り出して、粕井に電話をかけた。

このまま出てもらえないかもしれないと思った頃、やっと粕井が電話に出た。

『はい』

「あ！　すみません、突然。今いいですか？」

はい、いいですよと少し硬い声で粕井は答える。

「私のこと避けてるのって、もしかして婚活のことが原因ですか？」

しばしの沈黙ののち、諦めたような溜息交じりの声で、粕井が言った。

「そうだったんですね！　あれは両親が無理矢理やってただけなんです。止めさせようとしたんですけど、全然言うこと聞いてくれなくて……」

『……はい、わかってます』

「いや……でも、誤解があるのかなと」

誤解というか、と粕井は少し言葉を濁した。

雪緒は彼が言葉を探す間に床に座った。正座をする。

『雪緒さんは、ご両親から婚活のお話が出た時、私の事は考えなかったんですか？』

「えっ」

『私を紹介しようとは思わなかったんですか？』

「そっ……それは、ご迷惑がかかるかと……」

『でも、俺は相談して欲しかったです』

粕井の口からはあまり聞かないぶっきらぼうな物言いに、雪緒の心はざわめいた。

『婚活のことを相談してもらえなかったのは残念ですが、それがすべてじゃないです。何度か会って、お話しする機会もありましたけど、結局のところ、雪緒さんは俺をどうとも思ってないような気がしているんです』

「へえっ!?　ど、どうしてそんなふうに……」

『お店の他の客と俺って何か違いますか？』

『それもあります……』

「は⁉　それは勿論――違うと……思いますが……」

『でも、俺は違うようには思えないんです。俺は……雪緒さんのなんなんだろうと考えてしまって、それで、会えなくなりました……』

粕井に言われたことは雪緒には理解しがたかったが、粕井はかなり落ち込んでいるようだった。雪緒は粕井が――SNSで知り合って以来連絡を取ってきたowlが、自分にとって大切な存在なのだということを伝えたかった。owlとのちょっとしたやりとりが、雪緒にとって楽しく大事なもので、ふと心を明るくさせるものなのだということを。

「大事な人ですよ、勿論」

『でも、雪緒さんは誰にでも優しいので、俺のことも皆と同じように大事なんじゃないかって思うんです』

「わっ……私のこと、八方美人だって思ってるんですか？」

『いや……その、まあ、割と誰にでも親切なのはそうですよね』

「うっ……」

確かに、owlとのメッセージのやりとりはあんなに楽しかったのに、相手が粕井で、しかも彼が自分のことをどうやら好きらしいとわかると、なんだかぎこちなくなってしまった。結局、何度か二人きりで会っているのに、店の客と店員のような距離感になっている。

だが、粕井になんと言われようと、雪緒にとってowlは大事な人だ。

彼との関係がどこへ着地するのかは今でもまだよくわからない。

それでは、逆に彼との関係をここで終わりにするのはどうだろうか。あなたの特別な人にはなれそうもないから、もう普通の客と店員に戻りましょうと言うのは？

それはどうにも嫌だ。

ならば、舵を切る方向は一つしかない。

「おっ、お付き合い、しましょう！　ちゃんと！」

ひっくり返った声で、雪緒はそう言った。

ここで言わなければ彼を失うのだと思い、覚悟を決めてそう言葉にしたのだ。

だが、しばしの沈黙ののち、粕井は動転したような声を上げた。

『待ってください！』

その声は、雪緒以上に上擦っている。

「はいっ？」

『そういう言葉を言わせたかったわけじゃないんです』

「はあ？」

『雪緒さんを困らせるつもりでは……つまり、なんていうか、俺が雪緒さんに言わせてしまったというか……これは雪緒さんにとってフェアじゃない感じがしませんか⁉』

粕井が何か動揺しているらしいことは感じられた。動揺のあまり、仕切り直さなくていいところから仕切り直そうとしている予感がする。

「えーと……」

『もっと冷静に考えましょう。こういうなし崩し的なのは……あまりよくないと思います。いや、この話は一旦脇に置きましょう。俺も話すべきじゃなかった』

「そんなことないですよ。普通、す、好きな人にどう思われているかは、重要な問題なのでは……？」

『それはこちらの事情で、それを押しつけて雪緒さんにさっきみたいなことを言わせたのはあまりに……その、ずるかった、と思います』

　つっかえつっかえ、掠れ気味の声だったが、粕井はそう言った。

　雪緒は、粕井の言葉が頭に入ってこなかった。何を言われたか理解して消化するのに時間がかかり、気付いた時には電話は切れていた。確か、最後には粕井はもう少し時間をおいてからまた答えを聞きたいと言っていた。いや、雪緒の答えなら今言ったのだが。

　そもそも、冷静に考えるって――何をだ？　これは恋に落ちたかどうかという話ではないのか？　好きか好きじゃないかは、落ち着いて考えたらわかるものなのか？

　自分の、この、彼との関係を進めたいという気持ちは、果たして落ち着いて考えたら、答えが変わる類いのものなのか？

　雪緒はラグの上に正座したまま、呆然とスマートフォンを握り締めていた。

　誤解を解いたらなんとかなる気がしていたのだが、まったくなんともならなくて、雪緒は途方に暮れた。

•第二話• 会えない客と揚げたて牡蠣フライ弁当

玄関扉の横についたインターフォンを鳴らす。中から音も聞こえるが、幾ら待ってもインターフォンからはなんの応答もないし、扉だって開かない。念のため二度押したがそのマンションの一室はしんと静まっているので、雪緒は注文者情報を確認し電話をかけてみた。

「お世話になっております！　くま弁の……あっ、はい……えっ、そういうわけには……食品ですので手渡しが……そうですね、その場合ですと……なるほど。はい……はい、わかりました。それではそのようにさせていただきます。よろしくお願い致します。失礼します」

雪緒は電話を切った。寒さで声が震えそうだった。すっかり冷えたスマートフォンをポケットに戻す。

今回の注文者は小笠原小夜子。くま弁の新しいアプリを使って注文してきた。支払いはカードで、注文したのはシソカツ重ね揚げ弁当とお味噌汁。住所は配達圏内。

そして、お届け先は不在だった。

雪緒は白い息を吐いて、電話で指示された通り、マンションの隣室のインターフォンを鳴らす。手袋もなしで来たので冷えた指先の動きはぎこちない。こちらはすぐに応答があり、やや嗄れたような女性の声が、はいと応えた。

「夜分にすみません、弁当屋のくま弁と申します。お隣の小笠原さんがご不在なのですが、ご本人様に確認したところ、こちらでお弁当を預かっていただけるとのことで……」

『あー！　いいですよ、お預かりします』

すぐに玄関扉が開いて五十代くらいの女性が出てきた。ショートヘアが似合う長身の女性で、弁当を袋ごと預かって、お疲れ様です、と言って忙しそうにドアを閉めた。

次の配達があるため、雪緒は急いで車に戻った。

その時は、まあ、こういうこともあるか、くらいにしか思っていなかった。

『小笠原様』はそれ以降一ヶ月の間に四回、配達の注文を入れた。すべてアプリ経由で、支払いはカード。

そして、毎回不在だった。

二回目以降は注文時の備考欄に『隣室の大家さんに預かってもらってください』とあった。大家の名前は友田(ともだ)といった。あのショートヘアの女性のことだ。

いつも備考欄の指示通りに友田に預けて帰っている。

だから、結局雪緒は注文者とは一度も顔を合わせていない。

くま弁の休憩室で、雪緒は夜の開店前にまかないを食べながら、千春とユウに話を聞いてもらった。

一応事の次第は一回目から報告しているため、ユウも千春も事情は把握している。ただ、これで計四回だ。

「何かトラブルになったりした？」

ユウに心配そうに訊かれて、雪緒は、あんかけ焼きそばを口に含んだまま首を振った。

今日のまかないは海鮮あんかけ堅焼きそばだ。海鮮の具材は主にフライの具材の寄せ集めだが、ぱりっと焼いた麵に絡んだあんがじんわり染みて、食感の差と味の差がまだらになっていて変化があるのが美味しい。

「それでも、ちょっと気になってしまって」

少し一口の量が多かった。なんとか飲み込んでそう言うと、千春が、同じく口いっぱいに頰張ったあんかけ焼きそばを飲み込んで尋ねてきた。

「どの辺が？」

「出来たてじゃないなあ、と……」

確かに……と千春は口元に手を当てて考え込んだ。

「くま弁のお弁当って、揚げ物とかは注文が入ってから揚げるじゃないですか。勿論、冷めても美味しく食べられるようにユウさんと千春さんが作ってくれてますけど、フライを温め直しても揚げたてほどカリッとはならないし……できれば一度くらい温かい状態で食べてみてほしいです」

「まあ、こっちの気持ちとしてはね。でも強制はできないよね……お客様にも都合があるだろうし」

「はい……大家の友田さんもおっしゃってたんですけど、どうも、すごく忙しくて、帰宅してからだと配達時間を過ぎてしまうんだそうです。確かに、今でも結構ぎりぎりに注文されてて……配達から一時間以内くらいには帰宅して受け取ってくれているみたいなんですが」

「こんな遅くにご飯作って片付けるの面倒臭い……って時にこそ買いたくなるんだよね。でもそんな時は遅すぎて店は閉まってたりさ……」

千春は何やら深く納得している。確かに雪緒も覚えがある。コンビニに何度救われたかわからないが、それでもたまに違うものが食べたいなと思うことがあった。そういう時にそれこそくま弁のような店で注文して知人に預かってもらえたら、随分と楽だったかもしれない。

千春と雪緒の話を聞いていたユウは、一時間以内か、と呟いて言った。

「店は二十五時までだから、店舗に直接来られるなら取り置き予約も可能だね。もしかして知らない……ということは？」

「でも、それはホームページにもアプリにも書いてありますし、それでもあえて宅配で注文したかったのかなと思うんですよね……」

「いや、ホームページやアプリに書いてあっても、気付いてない人はいると思うよ」

言われてみれば、確かに雪緒だってアプリやホームページを見た時隅から隅まで確認しているわけではない。自分に必要な情報だけ得たらそれでおしまいだ。

「なるほど……じゃあ、お伝えしてみましょうか」

雪緒がそう言ったので、ユウも千春も、どうやって、という顔で箸を止めて雪緒を見やった。

「お品書きでお知らせするのはどうかなと」

ユウも千春もなるほど、という顔になる。

だが、千春は心配そうに尋ねてきた。

「それはいい考えだと思うけど、雪緒さん、最近頑張り過ぎてない？」

「え？」

雪緒は口にエビを入れようとしたところで手を止め、聞き返した。

「お品書きは元々の仕事ですから……手間が増えるわけではないですよ」

「でも、ほら、うちのアプリの管理も任せちゃってるでしょう？」

確かに、くま弁のアプリの管理とか、アップデートの仕事も続いている。

「そうですが、そこまで忙しいわけではないですから」

「そう……？」

千春は疑わしげだ。

「あんまり、色々仕事させ過ぎてないかなって気になってるんだ」

話を聞いていたユウがそう言った。そういえば前にもこんな会話をしたなと思いながら、雪緒は胸を張った。

「ありがたいですけど、大丈夫ですよ。会社員時代はもっと労働時間長かったですし」

だが、千春は深刻そうな表情を変えなかった。

「でも、無理してるみたいに見えることがあるから」

無理……しているのだろうか。

あまりに千春が真剣な様子なので、雪緒も真面目に自分を省みた。確かにアプリの開発中は時間があれば作業をしていたし、今も少し余裕が生まれたとはいえ色々修正点というのは出てくるもので、それなりに忙しくしている。

とはいえ、毎日よく寝てしっかり食べて、自分としてはやりがいを感じながら仕事させてもらっている。届け先で嫌みを言われたり文句を言われたりすることはあるが、あまりに酷い時はユウたちに相談することもあるし、無理をしているつもりはない。

「そうですかね……？」

あまりに自覚がなかったので、そんな言い方になってしまった。千春はやはり真剣な顔で答えた。

「そういう時がある気がする。会社員とは色々違うから、労働時間だけでは比べられないと思うんだよね。会社員時代は安定してただろうけど、今は仕事内容だって違って、ダブルワークみたいなもんだし……」

千春は心から気遣う様子で、申し出た。

「もし小笠原さんのことで気になることがあるなら、それは私たちの仕事だよ。だから、何かあったら言ってね」

「……ありがとうございます」

本心から雪緒のことを心配してくれているのだというのが伝わってくる。それは嬉しいが、本当に大丈夫なのに……と少し困った気持ちも湧いてくる。

「あのう、でも、とりあえずお品書きには書いてみますよ。そのくらいならたいした手間ではないので」

「うん……じゃあ、よろしくね。でも、トラブルでもなんでも、抱え込まないで相談してね。ほら、雪緒さん、お客さんと正面から向き合おうとするから……それは良いと思うけど、自分一人でやろうとしなくていいんだからね」

「わかりました」

話し合いが落ち着いたところで、千春はハッとした顔になった。雪緒が何事かと思ったら、千春はあんかけ焼きそばに急いで取りかかった。

「ばりばりじゃなくなっちゃう！」

雪緒は思わず笑みを零したが、その通りではあったので、自身も急いで焼きそばに向き合った。フライと天ぷらを作った余りのイカとエビ、それににんじんやピーマンも入って具だくさんだ。時間が経つにつれてあんを吸った麺の食感が変わっていく。味が染みてしっとりした麺も美味しいが、せっかくだからばりばりの堅い食感も楽しみたい。

雪緒は急いでまた次の一口を食べた。

こんなふうにちゃんとごはんも味わえている。

自分がどうして無理をしていると思われているのか、雪緒には理解できなかった。

❄

あ、と思わず声が漏れた。二軒分の配達を終えて休憩室に戻った時、これ次の配達、と千春に渡された届け先のメモに、『小笠原』の名前がある。すぐに書きためてあったお品書きの中から注文の弁当のものを選び出し、そこにあらかじめ考えていた文面を書き添える。時間にして一分ほど。

弁当とお品書きを入れた袋をそのまま保温保冷バッグに収め、勝手口から出て車に乗り込む。またいないだろうなと思いつつも、今日はこれまでとは違うんだと言い聞かせ、駐車場から路地に車を進めた。

『いつもありがとうございます。配達は二十二時までですが、店舗はお弁当がなくなるまで、または二十五時まで営業しています。アプリで取り置き予約も可能ですので是非ご活用ください』

書き添えた文章を読んでもらえるのかもわからないが、雪緒はとにかくそう書いた。何度も同じ文面を書くと、押しつけがましくなりそうだったので、この文面は一度だけにするつもりだ。

その後の数日間も、雪緒はいつも通り忙しくあちらこちらに弁当を配達し続けた。焼き鮭弁当、自家製タルタルソース付きホッケフライ海苔弁当、ザンギ弁当、きすと蓮根入り天丼弁当。一年で一番冷え込む月でもあり、雪室キャベツのポトフ弁当や塩ニシンの三平汁などの熱々の汁物もよく売れた。口から喉へ、食道へと熱い汁物が降りて行く時のじわっと温度が広がる感じを思い出し、雪緒は汁を零さないよう、慎重に運んだ。

そして、雪緒はまた『小笠原』と書かれた届け先メモを受け取った。

このお客は、今回も宅配を選んだのだ。きっとまた不在で、隣家に預けることになるのだろう。客の選択なのだから仕方ないなと思いつつも、雪緒は少し残念だった。

だが——ふと、住所の下の備考欄が埋まっていることに気付いた。

見ると、『いつもありがとうございます』とある。

印刷されたその文字を見つめて、雪緒の胸はどくんと鳴った。

『小笠原様』は、きっと、雪緒のお品書きに添えた文章を見たのだ。それが自分宛てだと気付いて、来店はできないものの、何か一言書き添えようと思ったのだ。

今日の注文は豚汁と日替わり弁当だ。豚汁は十勝産の豚肉と芽室産のゴボウがたっぷり入って、他の根菜やこんにゃく、豆腐なども盛りだくさん。具材は炒めてから出汁で煮て、こくも食べ応えもある。日替わり弁当はかぼちゃなどの野菜フライとたらのあんかけの組み合わせだ。

雪緒は内容を把握すると、お品書きの最後に『冷めた場合の温め方です』という文章から始まる説明を添えた。

フライなど揚げ物の温め方、その他のごはんとおかずの温め方、温める時には漬物やサラダなどを避けておくこと、汁物は様子を見ながら温めること。元々くま弁の容器はレンジ加熱可なので、一応そのことも書き添えておく。皿に移したり鍋を使ったりした方が良いとしても、洗い物が増えるならやりたくないということもあるだろうから。

数日前と同じく、一分ほどでさっと書いて、袋に入れて保温保冷バッグに収める。汁物は厚紙製の仕切りを組み立てて収め、できるだけ揺らさずに運べるようにする。

「行ってきます！」

胸はさっきからずっとどきどきしている。顔を合わせた時に何か言葉をかけられることはあっても、こうして注文時の備考欄を使ってお礼の言葉をかけてもらったのは初めてだ。

備考欄、わかりやすくしておいてよかったなと思う。

アプリを作ってよかったなと思う。

雪緒の作ったものが、店と客とを繋げている。

雪緒はお品書き、客は注文時の備考欄に短い文章を添える。

それだけのことなのだが、雪緒には新鮮で、嬉しかった。

『鉄砲汁美味(おい)しかったです』『トースターで温めました。美味しかったです』『食欲なかったのですが元気出ました』

二月も半ばを過ぎた頃、雪緒はそのメッセージを受け取った。

『いつも不在ですみません』

プリントアウトされたお届け先情報の備考欄に、そう書いてあった。今はもう届け先も最初から隣家にしてあって手間が増えることもない。謝ることないのに、と思うと同時に、胸が痛んだ。不在であることを責めているつもりはないが、そう受け取られてしまったのかもしれない。あるいは、何か自信を失うようなことがあって、心が弱っているのだろうか。雪緒にもそういう時はある。

『ご不在でもお気になさらないでください。いつもご注文ありがとうございます』

お品書きにそう添えて、雪緒は豚角煮弁当とチキンカツカレー弁当の配達に向かう。最近は大家の友田も注文してくれて、二個分の弁当を運ぶことが多い。

店から外に出ると外気はもう肺が凍りそうなほどだ。骨身に染みるような冷たさに身震いしながらもちらりと空を見上げる。中心部だが、それでもぽつぽつと星が見える。

粕井は、雪緒との一件以来、くま弁に来なくなってしまった。

会いたいような、会いたくないような。

自分は振られたのかなと思いつつも、これ以上あまり考えたくなくて——というか考えても粕井の気持ちがまったくわからなかったので、考えないようにしている。

それでもこういう時に不意に思い出し、ぼんやり物思いにふけってしまう。

無駄に十秒ほども過ごし、雪緒は息を吐いて歩き出した。就業時間中に立ち止まっている暇はないのだ、と自分を叱咤して。

午後の早い時間に、その客は冬の味覚とともにやってきた。

かっちり固めたポンパドールが特徴的な男性だ。大柄で、手足が長くて声も大きい。

ユウが玄関に出てくるなり、彼は弾むような大きな声で言った。

「アニキ！　お久しぶりです！」

ユウはその笑顔と勢いに気圧されながらも、嬉しそうに、ショウヘイさん、と彼の名前を呼んだ。

ショウヘイはユウがくま弁の前に勤めていた店での馴染み客で、今は北海道の東岸、生まれ故郷の厚岸で働いている。こうしてたまの休みに札幌にユウの料理を食べに来るのだという。

ショウヘイが両肩から下げて持ってきたクーラーボックスには、殻付きの牡蠣が山ほど入っていた。彼の故郷は牡蠣の産地なのだ。

「重くて大変だったでしょう。ありがとうございます」

「今回は車で来たんで大丈夫です！」

その日は普通に営業日で、ユウも千春も仕込みなどで忙しかったから、ショウヘイが軍手をして牡蠣の殻を手際良く剝き、雪緒も夕食にはまかないの海鮮丼と生牡蠣を堪能させてもらった。殻を皿代わりに牡蠣の身にレモン汁をかけてちゅるりと吸い込むようにいただくのだ。大きくてまるまる太った牡蠣は、凍てつく海で育って栄養も旨みもたっぷり蓄え、海のミルクとはまさにこのことだった。

思わず目を閉じ無言で堪能してしまった後、雪緒はショウヘイの視線に気付いて恥ずかしくなった。お礼を言って目を伏せる雪緒を見て、ショウヘイは白い歯を見せて楽しげに笑った。

「どんどんおかわりしてくれよ」

「ありがとうございます……殻剝くのすごく手慣れてましたね」

「最初はへったくそだったんだぜ。手怪我したし。加工所の加藤のおばちゃんって人が一番速くてさ、その人に教わったんだ。あとは厨房でひたすら剥いた。うち、海の幸が売りの民宿だからさ」

　ショウヘイは千春とユウの結婚記念パーティーにも来ていたから、雪緒もその時挨拶程度はしたのだが、こうして話すと想像以上に気さくで、親しみやすそうな人物だった。

「残りの牡蠣はどうします？　焼いても美味いですよ」

「そうですねえ。明日は休みですし、焼き牡蠣もいいですねぇ」

　千春がうっとりとした表情で言う。今日は少し早めに仕込みが終わって、まかないの時間をゆったりめに取ってあるが、それでも店を開ける時間が迫ってきた。

　ユウが時計を見ながら立ち上がった。

「そろそろ行きますね。ショウヘイさんはゆっくりしていってください。お構いできなくてすみません」

「いいんですよ！　俺、今弁当悩んでるところなんで……」

　そう言って、へへ、と笑う。彼は今日のメニューを千春から見せてもらっていた。何か作るとユウが言ったのだが、今日は客として普通に弁当を注文したいと言って、こうしてメニュー片手に頭を悩ませているのだ。

「メンチカツもいいけど、寒いしビーフシチューも……うーん……」

　どちらも白老牛を使った今日のおすすめ弁当だ。黄金色に揚がったジューシーなメンチカツととろとろスジ肉のビーフシチュー、悩むのはわかる。熊野が皿を片付けてくれて、雪緒も今日のお品書きの準備を始めた。

　そして最初の注文が入り、雪緒が出発する頃になって、ショウヘイはやおら立ち上がって、決めました、と叫んだ。

「メンチカツ弁当とビーフシチュー弁当一個ずつ！」

　両方とも食べるのか……と雪緒が思う間に、ショウヘイは、それじゃ、と言って玄関に向かう。

「どうしました？　あの、こちらで待っていてもらえれば……」

「いや、外で待つよ！　普通に客として来たからな！」

　外は昼からずっと氷点下の世界なのに？　雪緒は律儀な彼に圧倒されつつも、好感を抱いて思わず笑みを零した。


　雪緒が今日の配達を終えて店に戻ると二十二時を過ぎたところだったが、まだショウヘイは店の休憩室にいて、熊野と雑談しているところだった。

「よお、お疲れさん！」

　ショウヘイは打ち解けた様子で雪緒に手を振ってくれた。熊野はショウヘイの話を聞きながら晩酌中だ。

「お疲れ様です。ユウさんたちを待っているんですか？」

「いや、俺も朝早かったしそろそろホテルに戻ろうかなとは思ってんだけどさ、なんか居心地よくて……なんてえのかな、じいちゃんちみてえっていうか……整頓されてるけどほどよく生活感がある……」

「生活感くらいあるだろ、生活してんだから」

熊野が空になった四合瓶と猪口をキッチンに運びながら言った。

「いや、だからそこが馴染みやすい所以なんですよ。テレビのリモコンもティッシュも手の届くところにあって」

ショウヘイは真剣な顔でそう言う。フォローしようとかいうのではなく、本心でそう思っていそうだ。ショウヘイのそういうところが、人に好かれるのだろうなと思う。

「雪緒さんっ！」

突然、そこに厨房から千春が飛び込んできた。やけに興奮した様子で、大きくなりそうな声を抑えて、店の方を指差した。

「来てる……来てるよ！」

誰が？　と雪緒は訝った。

「小笠原様」

雪緒は一瞬ぽかんとして、それから勢いよく廊下に飛び出した。厨房はすでに二人いるから狭い。玄関の土間から店に出られるのだ。サンダルをつっかけてドアを開け店に出ると、そこには雪緒と同年代か少し上くらいの女性が一人、丸椅子に座って物珍しげに店内を眺めていた。

彼女は雪緒の上で視線を留めた。ふわっとした癖毛を一つにまとめて、グレーのチェック柄パンツに黒いコートを着ている。落ち着いた雰囲気の穏やかそうな人だ。

「あの……小笠原様でしょうか」

雪緒がなんと言ったらいいのか一瞬悩んだ末にそう言うと、女性はぱあと明るく笑った。

「はい、小笠原です。もしかして、いつも配達してくださっていた方ですか?」

「そうです。あっ、店長から聞きましたか?」

「いえ。ただ、なんとなく……思っていたよりもお若い方でびっくりしました」

なんの意図もなさそうにそう言って、彼女は立ち上がって頭を下げてきた。

「いつもありがとうございます」

「いえっ、こちらこそ……」

「お品書きを読んで、いつか開いている時に足を伸ばそうと思ってたんです。今日は余力があったので来てみました」

雪緒の心臓はやけに高鳴っていた。メッセージとお品書きでのやりとりを積み重ねてきた相手だ。普通の客と違って顔を合わせたことさえない人だったのに、こうして突然会えたのだ。

妙な感じがした――嬉しくて、気恥ずかしい。なんとなく、自分ばかりが気にしているのかと思っていたら、相手も自分を意識してくれていたとわかって、そわそわとした落ち着かない気持ちになる。いや、胸が浮き立つ、と言った方がいいのだろうか。

「そういえば最初の配達の時、一回だけお電話でお話ししましたよね。あの時はすみませんでした。配達時に帰る予定が、帰れなくなって……」

「ああ、いえ、二回目以降は大家さんへのお届けに変更していただけたので大丈夫です」

「あれ以来、遅くなってしまって……普通に帰ると間に合わないんです。大家は親戚なんですけど、遅い時間に美味しそうな匂いがするから、我慢できなくて自分も買ってしまうって文句言われてて。たまに行ける時には自分で行こうと思ったんです。あ！　そうそう、お弁当の温め方とかも参考にしたんですよ」

「嬉しいです。ありがとうございます。今日のご注文はお済みですか？」

それが……と小笠原はメニュー片手に難しい顔をした。

「青椒肉絲弁当と焼き鮭弁当で迷ってて。でも、せっかく出来たてを食べられるので、冷めていないからこそ美味しい……みたいなものがいいのかなあって悩んでるんです」

見るとメニューにはすでに売り切れのシールも目立つ。もう二十二時を過ぎて、客入りのピークは越えたのだ。

「出来たてが美味しい……というと、揚げ物系でしょうか」

そう言いながらメニューを見て、雪緒も難しい顔になってしまった。今日は揚げ物系メニューの売れ行きがよかったらしく、フライも天ぷらももう残っていない。

「ありませんね……」

「そうなんですよねえ」

今度は予約しておきますねと小笠原は諦めたように微笑んだ。

その時、玄関の土間に通じるドアを開けて、ショウヘイが顔を出した。

「俺、そろそろ帰りますね、アニキ。また明日来ますんで」

「お待ちしてますよ」

「雪緒さんもまたな。そっちはお客さん？　ここのなんでもうまいから、楽しみにしてくれよな！」

ショウヘイはまったく見知らぬ客にも気さくに声をかけたが、相手の手元にあるメニューに目を留めた。

「あ……と言ってももう売り切れも多いのか」

「もしよかったらオススメ教えてもらえないかしら？」

小笠原がそう尋ねると、ショウヘイは嬉しそうに笑顔を見せた。

「俺のオススメかい？　そうだなあ、何か好みとかあるのかなあ、姉さんは？」

「そうねえ……作りたてが美味しいもの、っていうテーマで今探してたんだけど、揚げ物は売り切れてて」

「作りたてねえ……」

顎に手を当てメニューを前に考え込むショウヘイを見て、小笠原は穏やかに微笑んだ。

「いつも帰りが遅くて、なかなか作りたてを食べられなくてね……。常連さんみたいだけど、あなたは今日は何を注文したの？」

「ん？　メンチカツとビーフシチュー一個ずつ……」

「えっ」

と小さく叫んで目を丸くする。それから彼女は堪（こら）えきれない様子で笑った。

「二個もお弁当食べたの？　シチューってパンが付くんでしょう？　たっくさん食べるのねえ！」

「いやあ……」

照れたように頭を掻（か）いたショウヘイは、はっと我に返った顔になった。

「あ！　ってことは、俺が二個も食べたから今売り切れてるのか！」

「いいえ、別にそういうつもりで言ったわけじゃ……。それに、人気店なんだから、あなたが一つで我慢したからって、今頃は誰かに買われて売り切れてたと思うけど」

「でも、誰かが食べられたんだよ。それは俺が考えなしだったせいなんだ」

食べられる量は人によって違うし、仕方ないと雪緒も思うのだが、ショウヘイは随分と反省しているようだった。

「……姉さんは牡蠣（かき）は好きかい？」

黙考の末、ショウヘイはそう尋ねた。小笠原は戸惑いを見せつつも頷（うなず）いた。

「よし！　そんなら話は早い。アニキ、俺の土産で何か作ってください！　作りたてが最高に美味（うま）いやつ！」

ユウがそう尋ねる。小笠原が肯定するのを聞くと、すぐさまショウヘイは着ていたダウンジャケットを脱ぎ始めた。

「いいですよ。お客様はそれでよろしいですか？」

「じゃあ、俺が殻から身を外しますよ！　それから姉さん、ここで食べさせてもらったらどうだい？　もっとできたてになるよ」

特技が活かせそうで、ショウヘイは上機嫌だ。呆気にとられている小笠原に、雪緒も声をかけた。

「もしよかったらそうしていきませんか？　奥に休憩室がありますので、狭いところですが、そちらで食べられます。勿論、ご自宅の方がよろしければお包みしますのでお申し付けください」

小笠原は遠慮がちに頷いた。

「じゃあ……お言葉に甘えて、食べていってもいいですか？」

彼女の態度からは戸惑いも逡巡も感じられたが、その目はきらきらと輝いている。本当に出来たて熱々を食べられるのだ。期待に胸を弾ませている様子だ。

「喜んで！」

他に客もいなかったので、雪緒は早速小笠原を休憩室に案内した。

鳩時計から鳩が飛び出してきて一声鳴いた。二十二時三十分のお知らせだ。

雪緒はショウヘイがユウを手伝う間、休憩室で小笠原と話していた。就業時間は終わっていたし、帰ってもよかったのだが、小笠原と雑談しているうちに居続けてしまった。

小笠原は数駅離れた店で働いてきた帰りだという。昼間はオフィス用品のリース会社で働き、夜は知人の店を手伝うダブルワークをしている。

「人が抜けちゃったからって頼まれて、それ以来毎日。さすがに遅くて疲れちゃいますね。会社は残業ないところなんですけど、移動とか考えたらバイト前には食べる時間もろくにないし、バイト中も時間が中途半端だからまかないもないし……あらら、こんな愚痴、初対面の人に言うべきことじゃないですね。ごめんなさい」

小笠原はそう言って、茶目っ気のある笑い方をした。

「今日は早めに帰れたんですね。お店の方はもういいんですか？」

「今日はたまたま、貸し切りで早く終わったんですよ。おかげでやっと来られました！」

ほっとしたように彼女は言うが、心なしか顔色が悪い。雪緒は心配になってきた。

「身体は大丈夫ですか？」

「まあ……でも、私もお金が必要だったんで、仕方ないです。貯金を殖やしたくて……今の会社は残業もなくて、それはいいんですけど、もう少し働きたいなあと」

小笠原は肩をすくめて微笑んだ。

「お店を出したいんです。元々は友達と二人で計画立ててたんですけど、その子が自損事故で怪我（けが）して入院しちゃって。友達は計画が遅れちゃうのを気にしてたので、じゃあ私が頑張ろうって」

　笑いながら話してくれたが、友人のことも心配だったろうし、小笠原自身も心労が溜まったのではないだろうか。

「それは大変ですね……」

「まあ、友達の方は幸いもうすぐ退院できますけど、あんまりもう無理させたくないし。睡眠不足からくる不注意だったみたいだし……私はなんとかなりますよ。運転はしてないし、さすがに歩きながらは寝られないから！」

　あはは、と小笠原は明るく笑い飛ばした。

「出したいのは、どんなお店なんですか？」

「地元の観光客が来るところでカフェと雑貨を扱う店を。雑貨っていうか……細工物ですね。民芸品。あ、私、実はもうお店開いているんです。ネット上でですけど」

　そう言って彼女はスマートフォンを取り出して雪緒にそのウェブサイトを見せてくれた。オンラインショップになっていて、商品のところには北海道の作家の手になる木のパズルや玩具、シマエナガやシマフクロウといった北海道の動物をモチーフにしたブローチなどが並ぶ。

「可愛いですね」

「そうでしょう？　最初は地元の方のを集めてたんだけど、今は北海道の作家さんってテーマでやっていて……帰ってからとか休日はこっちの管理とかもあるからずーっとばたばたしてるんです。でも、買い手さんが見つかるのは嬉しいですねえ。いっぱい使ってもらうんだよ～って気分で送り出すんですよ」

　その言葉には、商品への愛情が感じられた。

「オンラインショップとは別に、実店舗も目指しているんですね」

「ええ、元々カフェをやりたいっていう友達と、雑貨店をやりたいっていう私が一緒に……って発案なので。私も、できることなら実店舗を構えてお客さんに直接商品を見てもらいたいですし、立地次第で観光客の方にも立ち寄ってもらえると思いますし。でも、実店舗ってやっぱりお金かかりますねえ」

　それはまあそうだろう。賃貸にしろ、什器を揃えたり改装したりで初期投資が必要になるし、順調にオープンできたとしても維持費が毎月かかる。オンラインショップも在庫を抱えるリスクは共通だが、その辺りの諸経費はずっと抑えられるだろう。今は昼間に他の仕事を続けることもできるが、実店舗を開業させたらそうもいかない。

「あの……どうして、お店を持ちたいと思ったんですか？　オンラインにしろ、実店舗にしろ……」

「え？　そうねえ……」

　小笠原は言葉に迷っているようだった。考えがまとまっていないというよりは、どう伝えたらいいのか、迷っている様子だ。

「こんなにいいものがあるよって、もっとたくさんの人に知ってもらいたいって思ったから、かな。橋渡しをしたいというか……作っている人のところから、使ってくれる人のところへその品物を届けたいと思っているんです」

どこかで聞いた話だ、と雪緒は思った。自分の話かと思ったくらいだ。

その時、ばたばたと足音が近づいて、厨房側の戸口からショウヘイが顔を覗かせた。

「できたけど運んでいいかい？」

小笠原がどうぞと答えると、ショウヘイはその場を譲って、ユウが弁当を手に入ってきた。

牡蠣を使うとは聞いていた。作りたてが美味しいもの、というのもわかっていた。それならば何だろうかと考えた雪緒の頭に思い浮かんだのは、牡蠣フライだった。

果たして、蓋を開けて現れたのも、牡蠣フライ弁当だった。

揚げたて熱々の牡蠣フライに、タルタルソース。白いごはんも湯気を立てている。煮豆、蓮根とひじき煮、それにくま弁特製ポテトサラダという内容だ。熱いものは熱く、冷たいものは冷たく。

「どうぞ、召し上がってください」

「いただきます！」

小笠原は嬉しそうに手を合わせ、早速牡蠣フライに箸を伸ばした。

ざくっという音が、雪緒にも聞こえてきた。

かなり大きな牡蠣フライを、彼女は二口で食べ切った。満面の笑みが零れ、雪緒も嬉しくなってしまう。

「美味いだろ？」

と言ったのはショウヘイだ。

こくこくと牡蠣を口に入れたまま小笠原は頷いている。

「俺も味見させてもらったもんな。揚げたて！」

正直羨ましい。夕食のまかないが早いので、そろそろ小腹が減ってくる頃なのだ。

雪緒の表情を察したのか、ユウが牡蠣フライを皿に盛って持ってきてくれた。

「これ、よかったら雪緒さんとショウヘイさんもどうぞ」

「あっ、そんなつもりでは……」

雪緒が遠慮しかけた瞬間に、ショウヘイが割って入ってきた。実際にすでに箸で牡蠣フライを一つ摘まんでいる。

「じゃあ俺がいただきますね！」

「私もいただきます。ありがとうございます」

思わず対抗してそう言い、雪緒も箸を手に取った。ショウヘイがにやにや笑っているが、そのにやにや笑いは口に入れた牡蠣フライのためにもっと幸せそうな笑顔に変わる。

雪緒もざくりと音を立て牡蠣フライを一口食べる。本当に熱々だから、思わずはふはふと空気を口に入れる。揚げたての衣の食感は荒々しいほどで、その後にぷりっとした牡蠣の繊細でクリーミーな旨みが口いっぱいに広がる。この対比が素晴らしいのだ。特に揚げ物は揚げたての最初の一口が一番美味しいと思う。勿論二口目も二個目も美味しいのだが、この美味しさは今この瞬間だけのものだ。残り半分を口に放り込む……いや、二口目もやっぱり美味しいなとすぐさま持論を否定する。二個目はタルタルソースをもっとたっぷりつけて、三個目はレモンで変化をつけてみよう。そう思いながら一個目の牡蠣フライを食べ終える。ごはんがあればごはんが食べたくなる。千春辺りならビールがいいと言うだろうか。

「美味しいですねえ。タルタルソースも手作りですよね？　ピクルスがちゃんと仕事してて、濃厚なんですけどさっぱりしてる！　それにやっぱり、揚げたてなのが嬉しいですねえ」

しみじみと小笠原もそう言う。

「ありがとうございます。ゆっくり召し上がってくださいね」

ユウがそう言って立ち上がる。雪緒の仕事はもう上がっているが、店はまだ営業中なのだ。千春が店番をしてくれている。

「あの、今回は本当にありがとうございました」

小笠原はそう言って頭を下げた。

「今日こそ出来たてをとは思っていましたが、まさかここまで揚げたて熱々のものを食べさせてもらえるとは思っていませんでした。ありがとうございます」

「いえ、こちらこそいつもありがとうございます。またのご利用をお待ちしていますね」

　ユウ自身も嬉しそうだ。そういえば、ユウも熊野も店内で食べられるイートインスペースを作りたがっていた。作りたてを提供できるし、持ち帰って食べる暇がない客にも対応できる。それにこうしてすぐそばで客の反応を見られるのは、やはり嬉しいものなのだろう。

　ユウが厨房に戻り、再び牡蠣フライ弁当を満喫し始めた小笠原に、雪緒は話しかけた。

「さっき、橋渡しをしたいっておっしゃってましたね」

　小笠原は口の中のものを飲み込んでから、答えた。

「ええ、お店のことですね」

「私も似たようなことを考えていたんです。私の場合は、くま弁のお弁当を、お客さんに届けるっていうことですけど。季節のものや地元のものを入れたお弁当を、待っている人に届けたいんです」

「あ！　そっか、だからお品書きが入ってるんですね。あれ手書きですよね？」

「はい……」

「あれいいですよね！　あんなに丁寧に書くの時間かかりません⁉」

「硬筆は元々習っていましたし、慣れるとそこまででも……あまり時間をかけられないので、メニューの分をあらかじめ作っておいて、ちょっと添える程度ですけど」

「いやいや！　大変でしょう。私も自分の店でちょっと一言添えるの真似してみたいな

〜って思ってたんですよね」

「ん、何、店やってるの？」

横から口を挟んできたのはショウヘイだ。彼は興味ある様子で身体ごと小笠原の方を向いた。

オンラインショップを持っていること、将来の計画のこと、それから事故に遭った友人のことを聞いたショウヘイは、ううんと唸(うな)って腕を組んだ。

「どうしました、ショウヘイさん」

「ん……いや、ツレのことを考えてバイトを増やす……ってのはさ、美談かもしれねーけど、それで姉さんまで倒れたら元も子もないんじゃねえかと」

「えっ、私は大丈夫だけど……」

「そんならいいけどよ……でも、俺がそのツレの立場だったら、なんか引け目に感じちまう気がしてよ。勿論、店を開いた後で倒れて、それで店を維持するために一人でも頑張るとかなら、頑張る理由もあるだろうよ。そうしないと店潰(つぶ)れるわけだしな。でも、まだ店も持ってないわけだし、そんなら今慌てなくても、長期で身体を壊さないで働き続けられるってのが重要じゃねえかなあ。だってさ、金を貯めて店を持つってのは、最終的な目的じゃねえだろ？　通過点の一つなわけなんだからさ」

店を持つのが夢の人に、それは通過点に過ぎないと言うのは、かなりはっきりとした表現だ。言い方によっては突き放したようにも聞こえるだろう。雪緒もどきっとした。

だが、ショウヘイは頭を掻き、ちょっと気まずそうにあらぬ方を見ながら言った。

「昼の仕事も、バイトも、オンラインショップの運営も、ってのはかなり無理がねえのかなって思ったんだ。俺も……色々焦ってダメにしたことあるんだよな。店じゃねえけど、独立して、会社作って……でも、夢を叶えておしまいじゃなくて、続けていくのが本当に難しいし、大事だと思うんだ。そのためには、始める前の準備をもっと入念にすべきだったのかなとか、色々思ったりもしてさ……いや、まあ、姉さんは俺よりきっと全然経験もあって頭も回るだろうけどよ！」

自分も経験がある……という話は、小笠原にとっては色々考えさせられるものだったのかもしれない。

「話してくれてありがとう」

彼女は、ショウヘイが驚くほど真摯な顔でそう言って、頭を下げた。

「あっ？　いや、そんな姉さんが頭下げるようなことじゃねえよ。俺の若い頃の失敗談だからさ」

「自慢話はできても、なかなか失敗談ってできないですよ」

雪緒にそう言われても、ショウヘイはピンときていない様子だった。

「そう……かあ？」

「確かに、焦ってたかもなあ……」

考え直すように呟く小笠原を見て、ショウヘイはどうも据わりが悪いような顔をした。

「とにかく、俺の話はおしまい！　今は食べてくれよ、邪魔して悪かったな、姉さん」

ショウヘイの先程の言葉は衷心からの言葉だろうが、言ってしまってからちょっと後悔したようだった。

「ほら！　あったかいうちに食べるんだろう？」

そう言われて、小笠原は微笑んで、また牡蠣フライをざくりと一口食べた。

その心地よい音に誘われて、雪緒も最後の牡蠣フライに箸を伸ばし、ショウヘイは名残惜しそうにそれを見送った。

牡蠣フライ弁当を完食した小笠原を、雪緒とショウヘイは店の外まで見送った。

風は止んでいたが、空気は先程よりさらに冷え込んだ気がする。休憩室で充分温まったせいかもしれない。

その冷気の中、小笠原は俯いて何か考え込んでいるようだ。ショウヘイの話を聞いてから、ずっとこうなのだ。食べている時も時折箸が止まってしまって、ショウヘイははらはらした様子だった。たぶん、出来たてを味わって食べて欲しくて心配していたのだろう。

「あの、大丈夫ですか？　何か、考え事が……」

別れ際に雪緒がそう声をかけると、急に小笠原は目を上げた。街灯の光を反射して、彼女の目は輝いている。

「……オンラインショップ！」

「え？」

「オンラインショップ、もっと工夫できないかなって！　オンラインショップでの反応をもっと吸い上げて、活用できたらいいなと思ったんです。それを実店舗にも活かせたら……」

「なるほど、そうですね。手応えのある部分は強化するとか、反応が少ない部分は紹介のし方を変えるとか、そういうことですよね？」

「そうです。アンケートを作って、それを参考にするとか……」

ショウヘイが眉間に皺を作って口を挟んだ。

「なあ、アイディア自体はいいと思うけどよ……それって、全部姉さんが抱え込む気じゃねえだろうな？」

「え？」

他にどんな選択肢が——という訝しげな顔で、小笠原が聞き返す。ショウヘイは呆れた顔だった。

「あんたの友達が元気になったら、手伝ってもらえばいいんじゃないのか？」

「でも、これ以上負担かけられない。彼女は過労で事故起こしたみたいなものだし……」

「その友達は退院後は職場復帰が決まってるのか？」

「その……実は失職してしまって」

「じゃあ、リハビリしながらパソコンでの作業手伝ってもらうのはどうだ？　どうだっていうか、少なくとも、その辺ちゃんと相談しといた方がいいって。できることは分担するんだ。せっかく二人いるんだからさ、別々に悩んでても効率悪くねえか？」

「別々に……悩んで……」

ふと、小笠原は目を細めた。

「そっか、彼女も私とは別に悩んでるんだよね。そりゃそうだよね……」

雪緒は小笠原の友人を知らないし、どう感じるかは人によるだろうが、もし雪緒が事故に遭って共同経営者との計画に影響が出てしまったら、やはり一人思い悩む気がする。

「あのう、私、こういうことは詳しくないんですが、オンラインショップって、複数の人間が管理できるものなんでしょうか？」

「えっと……副管理者を設定するとか……パスワードを共有するとか……サービスによりますし、まずは調べてみましょうか」

「え？」

「もしよければ、お手伝いしますよ」

ぽかんと口を開けて、小笠原は雪緒を見ている。

「いや、それは……申し訳ないです……」

「あ、勿論できることしかできないですが……少し相談に乗るだけですから、お役に立てれば。それに、私も同じように考えていたから……作り手の思いも含めて届けたいって。だから、橋渡しになりたいという小笠原さんの気持ちを聞いて、私もちょっとくらいお手伝いしたいと思っただけなんです。あ、そうだ、これ今回のお品書きです。私の連絡先書いておきますね」

用意していたお品書きに、ポケットの中にあったボールペンでメールアドレスを走り書きして、小笠原に差し出す。

小笠原は口の他に目も丸く開けて、雪緒を見つめている。驚き、半ば呆れているようだったが、じわりと感情がにじみ出るように彼女は微笑んだ。泣き笑いだった。

彼女は、お品書きごと雪緒の手を取った。

「ありがとう……よろしくお願いします」

毛糸の手袋はもう冷たかったが、その手は力強く、雪緒は手袋の向こうに熱を感じた。

小笠原を見送って部屋に戻ると、ショウヘイが、何故かちょっと不満そうな声音で言った。

「あんたもじゃないか、雪緒さん」

「えっ？」

休憩室に荷物を取りに来た雪緒は、後ろから声をかけられて振り返った。

やっぱり、ショウヘイは怒ったような、少し怖いような顔をしていた。

「仕事、抱え込みがちじゃないか？　人の仕事手伝って、疲れ切ってたら人のこと言えねえと思うが」

「ええ……？　抱え込み……がちですかねえ」

「ほら、アプリの開発してたって聞いたぜ。随分忙しかったって」

「ああ……それはまあ、そうなんですけど、今は修正とかのアップデート中心で、そこまでは……」

「ほら、まだアプリ関連の仕事してるんだろ。だったら、無理しないでほどほどにしろよ。アニキたち、心配してるんだからさ。時々仕事中に上の空になることがあるって」

「え」

そう言われてみると、雪緒も心当たりがあった。

「上の空……」

時々、自分の言動を思い返していた。粕井からの信頼を失ったのだろうかと悩んだり、時期尚早だったのだと反省したり……あるいは、単純に、今どうしているのかなと考えたり。

雪緒としてはそんなにしょっちゅう思い悩んでいたわけではない。たまに思い返して、すぐに我に返っていたつもりだったから、周囲に気付かれているとは思わなかった。

「仕事のことじゃ……ないです……」

「ん？」

ショウヘイはきょとんとした顔で聞き返したが、すぐに意味を悟ったのか、あっという形に口を開いた。

「あっ、あ～、そうか……なんか……それは悪かったな、ずけずけと……」

あからさまに動揺して言葉を濁すので、雪緒の方がおかしくなって笑ってしまった。

「いえ、その……抱え込みがち、というのは、そう言われてみるとその通りだなって思いました」

なんとか笑いを咳払いでごまかしてそう返す。実際のところ、雪緒は粕井とのことを抱え込んでいる。『デートに誘ってから音沙汰がない』くらいの事情は千春に話したこともあるが、詳細は伏せたし、今回の『振られた話』についてはまだ誰にも話していない。深刻な話として受け止められると気まずいし、そもそも自分の中で消化できていなくて、どう話したらいいのかもわからず、話そうという気持ちにもならなかった。

「仕事の面でも気を付けますね」

「お、おう……」

ショウヘイは、まだ動揺した様子ながら、じろっと雪緒を観察した。雪緒の言葉が信頼に値するか確かめているようだ。

「約束だからな」

そう言われて、雪緒は思わず微笑みを漏らした。他人を心から気遣うこのいかつい若者を騙すことはできそうにない。

「約束ですよ、私はそんな無理はしません。頼れる人も周りにいっぱいいますから」

「じゃあ……俺はさすがにもう宿に帰るよ。遅いしな。明日……雪緒さんはお休みか」

「ええ。ショウヘイさんは明後日の朝帰るんですよね。それじゃ、また会えるの楽しみにしてますね」

「また土産持ってきてやるよ。今度は何がいい？　リクエストあるか？　牡蠣の他にも海のものならなんでも美味いし、牧場もあるからチーズとかも美味いし……」

「ええと……チーズもいいですね、う～ん……あっ、オイスターソース！」

「ソース？」

「だってオイスターソースって牡蠣が原料の一つじゃないですか。産地なら美味しいのかなと……調味料なら、生牡蠣より長い期間楽しめますし。あ、でも、生牡蠣もまた食べたいです……」

「わかったよ、期待しとけ」

ショウヘイは、おかしそうに笑って別れを告げた。


雪緒はパソコンでのチャットを終えて、ううんと唸って伸びをした。椅子の背もたれが背中を受け止めてくれる。

帰宅後、パソコンでの作業中に、小笠原から連絡が来てチャットを始めたのだ。彼女とはもう何度か連絡を取り合っており、チャットで相談に乗ることが多かった。

　また、ううん、と唸ってから、雪緒はイヤホンを外してスマートフォンを手に取った。逡巡した後で、アドレス帳から後輩の名前を選んで電話を……いや、待て、向こうは何時だと我に返る。彼女は今カナダにいるのだ。

「えっと……サマータイムはなくて……朝……かな？　朝か……早いか」

　思い直して、雪緒はメッセージを打ち込むことにした。

「今抱えている仕事を手伝ってもらえないかと思って連絡しました……えーと、なんかこう、断っても大丈夫というニュアンスを出したいけど、えーと……あとお金の話もしないとだし……作業内容と……うーんと……」

　ああでもないこうでもないと文章を考える。

　小笠原から、仕事としてオンラインショップ用のアプリ開発を手伝ってほしいと依頼されたのだ。雪緒はそれならどこかよいところを紹介するとも言ったのだが、もし可能なら雪緒にと言われて、とりあえず見積もりを出すことになった。

　だが、雪緒一人では長い時間がかかるので、他の人に応援を頼んで、人員を確保したいと考えたのだ。

「……そもそも、元気なのかな」

　雪緒の頭に明るく笑う後輩の顔が浮かんだ。まあ、たぶん元気だろうが、何しろ数ヶ月連絡を取っていなかったので、まず近況が気になる。

　雪緒は一度書いた文章を消して、また新たに考えた文章を打ち込み始めた。

•第三話• 繋ぎなしハンバーガー弁当

年下の友人は、ハア？　とひっくり返った声で聞き返してきた。

『えっ、付き合う……付き合うの？』

イヤホン越しに茜の声が聞こえてくる。茜は随分と驚いている。そんなに意外かなと思いながら、雪緒はリクライニングする椅子の背に体重を預けて身体を伸ばした。今日はくま弁が定休日のため朝から部屋着でだらだらとパソコンをいじっていた。

茜からの近況を告げるメールに返信したところ、急に電話がかかってきたのだ。

「うーん、でもそうならなかったんだよね。断られたというか……もっと考えてくださいって言われて。なんかこう……私が相手を好きだということが伝わってないというか……告白をなかったことにされたというか……」

自分でも正確に状況を把握しきれていないので、説明もなんとも歯切れが悪い感じになる。

『好きだって信じてもらえなかったってこと？』

「まあ……そうなるのかな……」

茜は、なるほどねえと納得した様子で呟いた。何に納得しているのか雪緒にはさっぱりわからないのだが。

『わかる気がするなあ、雪緒さんって結構誰にでも優しいし』

「えっ？」

『お店のお客さんだったんでしょう？　雪緒さんは他の客と同じようにその……えっと、粕井さんにも接してたんだよね？　雪緒さんって、いつも落ち着いていて、親切で……って感じで、そういう風に誰にでも接して態度を変えないのはいいことだけど、粕井さんからしてみたら、自分と他の客で扱いは変わらないのに自分にだけ特別な感情を向けられているっていうのが、納得出来なかったんじゃない？』

「……でも、態度は変わるべきじゃない……と思う。まだ付き合ってもいないわけだし」

『そう、客なんだから、公平にってスタンスね。でもちっとも気持ちが伝わってこないのに好きだなんて言われたってさ、気の迷いじゃないのか、疑いたくなるんじゃないかなあ。あなたが好きだよってアピールを雪緒さんは全然してないわけでしょ』

　雪緒はぐうの音も出ない。ただ、認めるしかなかった。

「アピールとかは……してない……」

『ほらね』

　雪緒は眉間に深い皺を作りながら考えた。

「とにかく……私が突然告白じみたことをしたからびっくりさせたってことだよね？　じゃあ、どうしたら相手は納得すると思う？　そういう……アピール？　をしていけばいいの？」

『うん……まあ、たぶん……？』

「茜さん？」

『私だって詳しくないもの……とにかく、時間をかけて信じてもらうしかないんじゃない？』

「告白ってそういうものだっけ？」

告白したのに信じてもらえないなんて事態は想定していなかった。いや、そもそも、あそこで告白じみたことをするつもりもなかったのだ。気の迷いでは……？　と疑われても仕方ないことかもしれない。実際、多少はその場の勢いというものが影響していたと思われるので。

『というか、本当に気の迷いじゃないの？』

突然茜からそう問われて、雪緒は驚いた。

勿論(もちろん)そんなわけはない——ないよな？

だが、ひとまず自分を見つめ直すのが誠実な対応というものかもしれない。

「……持ち帰って検討するよ」

雪緒は溜息(ためいき)交じりにそう答えた。

世の恋人とかパートナーとかは、どんな確信を持って愛を語り合って、しかもそれを信じてもらっているのだろうか。雪緒には、わからなくなりつつあった。

雨交じりの雪は小降りになっていた。

アプリ経由での依頼だ。住所が正しければこの近くだ。雪緒は保冷保温バッグを手に車を降りた。

安藤、安藤、と頭の中で名前を復唱する。安藤たつ子、という名前が注文者の欄に書かれていた。シャーベット状の道を幾らも歩かないうちにその家は見つかった。安藤という表札が出ていることと、住所をもう一度確認して、呼び鈴を鳴らす。しばらく待つが人が出てくる気配はない。おかしいな、と思って念のため建物の様子を見る。もう十七時を過ぎているが、明かりが点いていない様子だ。あれっ、これはおかしいなと気付いた時、背後から声をかけられた。

「うちにご用ですか？」

振り返ると、若い女性が傘を手に歩道に立っている。仕事帰りという様子で、肩には通勤用らしいバッグをかけ、トレンチコートの裾を重い雪で濡らしている。

雪緒が名乗って事情を話すと、女性はすぐに得心がいった様子で、隣家を指差した。

「安藤たつ子さんはお隣ですよ。隣同士で安藤で、番地も一緒だからよく間違われるんです」

「えっ、それは失礼しました！」

金属プレートの表札は家族の名前も入っているタイプのもので、よく確認すると確かにここに『たつ子』という人はいない。

「すみませんね、紛らわしくて。元々、裏の土地も合わせて一つの大きなおうちが建っていたんですよ。だから、今でも三軒分同じ住所で。役所に届け出て変えてもらったらどうだって話は毎年出てるんですけど」

「いえいえ、とんでもないです、私がちゃんと見ていなかったので……教えてくださってありがとうございました。失礼します」

「はい、お疲れ様です……あっ」

　女性は突然雪緒を呼び止めて、そっと小声で話した。

「あのう、間違えて私に教えられたってこと、お隣では言わない方がいいですよ。面倒なことになるので……」

　雪緒がぎょっとするのを見て、女性は困り顔で言った。

「本当に、言わないだけでいいですから。その方が絶対スムーズですから……ほら、私といつまでも話していない方がいいですよ」

「はあ……ありがとうございます」

　混乱しながらも雪緒は私道を挟んだ隣家に急いだ。

　隣家の玄関前には宅配ボックスを備えた郵便受けがあり、表札が出ている。やはり間違いが多いからか、全員分の名前が書かれた表札だ。『たつ子』の名前は確かにあった。

　呼び鈴を鳴らすと、すぐに五十代くらいの女性が出てきた。

「よかったわ、待ってたのよ」

　ふくよかな女性は嬉しそうに言って、和風ハンバーグ弁当を受け取り、あ、そうそう、と少し申し訳なさそうな顔をした。

「隣と間違えなかった？　備考のところに書こうと思ってて忘れてたんだけど、隣も安藤なのよ」

「あ……だ、大丈夫です。表札にお名前があったので」

あまり嘘は得意ではないが、そう言いつくろう。

「あら、そう？　あのね、お隣のおうち、こう言っちゃなんだけど、あまり関わらない方がいいわよ。陰険っていうのかしらね。この前も、宅配の人がうちにくるはずだった荷物を間違えてお隣に運んだんだけど、お隣さんたら、うちに何にも言わず、黙ってうちの玄関前にその荷物置いていってね。段ボール箱が濡れちゃったんだから！　だから、くれぐれも、お隣と間違えて配達したりしないでね。お弁当なんて、賞味期限過ぎてから忘れてたわ～なんて言って寄越してきそうだもの」

雪緒は圧倒されて、はあ……という曖昧な返事しかできない。お隣の若い女性があ言っていたのは、こういうわけがあったのかと悟る。確かに、お隣に教えてもらって来たなんて答えたら、なんて言われるかわからない。

雪緒は注文の礼を言い、隣同士でこんなに険悪なんて大変だな……と思いながら車に戻った。ちらっと二軒並んだ家を見比べる。今弁当を届けた安藤たつ子の家は、クリーム色のサイディング材の壁面に青い三角屋根の家で、バルコニーや窓枠も木製で北欧風。私道を挟んで隣の、若い女性の家は煉瓦風の外壁で、屋根はくすんだ緑。

しかし、同じ番地で同じ名字だと、当然こういった間違いも多いだろう。そこからトラブルに発展して、不仲になったのかもしれない。少なくとも、次に注文を受けた時は間違わないようにしようと、雪緒はしっかり頭にたたき込み、スマートフォンにもメモを残した。

それにしても、最初にもっとちゃんと確認すべきだったなと思いながら、雪緒はサイドブレーキを解除してアクセルを踏んだ。わざわざ表札に家族のフルネームが書かれているのだから、確認しておけば間違いも生まれなかっただろう。

……仕事中なのに、別のことに意識が逸(そ)れてはいなかっただろうか。

たとえば、粕井に振られたこととか——。

思わずブレーキを強く踏む。元々赤信号だったからゆっくり減速していたところだったが、最後に急ブレーキになってしまって前のめりになる。

振られた——いや、振られた、は大げさだなと心の中で訂正する。そもそも粕井だって雪緒を憎からず思ってくれているという話だったし、ということは粕井に雪緒の気持ちが伝わっていないだけ……誠意を信じてもらえていないだけなのだ。

振られてない……少し、時間をかけて考えていこうとしているだけだ。

雪緒は青信号になったことと歩行者の動きと対向車の動きその他諸々(もろもろ)を確認してまた車を発進させた。

プリントアウトされた注文票を確認するうちに、お、と声が漏れた。

住所欄の住所には覚えがある。それから注文者の名字も。

だが、下の名前は初めて見るものだ。

『安藤翔一（しょういち）』が注文者の名前だ。

表札をじっくり確認してから呼び鈴を鳴らそう、と雪緒は固く心に誓った。

かくして黒々としたアスファルトの露出した道路を走らせて、雪緒は安藤家の前に立った。

なんとなく、予感がしたので、数日前に間違えて最初に呼び鈴を鳴らした方——煉瓦風で若い女性が住んでいる方の表札を確認する。やはり、予想通りそこに安藤翔一の名前がある。他に女性の名前が二つ。そのうち一つは、あの若い女性の名前だろうか。

よし、今度は大丈夫だ。雪緒は心の中で自分を褒めつつ、意気揚々と玄関の呼び鈴を鳴らした。

はい、と答えて出てきたのは五十代くらいのほっそりとした男性で、愛想が良く、顔を合わせた瞬間から笑顔だった。

「くま弁さんですね？　ありがとうございます」

嬉しそうにチーズハンバーグ弁当入りの袋を受け取る男性は、雪緒が数日前に会った若い女性と目元などが似ている。やはり親子なのだろう。

だが、雪緒が去る前に、彼は声をかけてきた。

「うち、お隣と名前も住所も同じなんですけど、間違えませんでした？」

「大丈夫でしたよ。表札にお名前がフルネームで書いてあったので、助かりました」

そうですかあ、と男性は嬉しそうに言った。

「それならよかった。前は酷い目に遭ったんですよ。お隣さん、間違って届いたうちの荷物を預かってること言ってくれなくて、賞味期限切れちゃったりしてねえ。おかしいって思って訊いたら、あれー、そうでしたっけとか言っちゃうんですから。お弁当なんて、知らんぷりして食べられちゃうかもしれませんからねえ」

「い、いやあ……」

隣家への配達でも似たような愚痴を聞いた気がする。

その時、雪を踏む湿った足音を聞いて振り返ると、見覚えのある若い女性が小走りで駆け寄ってきていた。怒ったような焦ったような形相だ。

「おっ、お父さん、やめてっ」

彼女は年かさの男性——翔一に近づくと、小声で言った。

「ご近所にも聞こえるでしょっ、そんな大声で」

「別に本当のことだし、お隣がああなのはみんな知ってることだろう」

「やめて！　本当に！」

女性はかなり本気で怒っているように見受けられたが、翔一の方は慣れっこになってしまっているのか、平然と聞き流して雪緒に笑いかけた。

「それじゃ、どうもありがとうございました」

「はい、ありがとうございました。またよろしくお願いします」

雪緒は頭を下げて、そそくさとその場を後にする。背後から娘が父親を責める声が聞こえてきたが、すぐに玄関のドアが閉められて聞こえなくなった。

大変そうだな……と思いながら、ふと雪緒は電信柱の陰にいる男性に気付いた。明らかに身を隠そうとして電信柱の陰にいる。そのことに気付いて、雪緒はぎょっとした。一応夜で他に人通りもなかったので、警戒して身構える。

だが、男性は雪緒のことなど見ていない。

彼の視線を追うと、安藤家――今雪緒が弁当を届けた安藤家の玄関をどこか心配そうな様子で見つめている。よく観察すると若く、スーツ姿で、仕事帰りに見えた。

男性は、雪緒の視線に気付いたのか、ハッとした様子で雪緒を見やって、すぐに背中を向け歩き出した。

そして、私道を挟んで反対側、隣家の安藤家へと自分で鍵を開けて入って行った。

ああ、お隣の息子さんだったのか……と思い、雪緒は納得した。大声で自分の家のことを吹聴されていたから、気になってしまったのだろう。ご近所トラブルって大変だなと改めて考えて、雪緒は車に乗り込んだ。

大変だなあとは思っていたが、その時までは、やはり少し他人事として見ていた。何しろ雪緒は近所の問題に巻き込まれたことがない。実家にいた頃は近所づきあいは親がしていたし、一人暮らしをしてからは賃貸のマンション暮らしで、廊下ですれ違えば挨拶くらいはするが、隣近所に誰が住んでいるかも正確には把握していないくらいだ。

だが、その問題は、翌日になって突如として雪緒の身にも降りかかることになった。

❄

その日の配達を終えた雪緒は、重く強張った肩をほぐしていた。

だが、そこへ厨房から声がかかった。

「雪緒さん、着替え終わった？」

「あ、終わってます」

「休憩室を使いたいんだけど、今大丈夫？」

大丈夫です、と答えると、じゃあ、今行くねと千春が言って、実際にほんの数十秒後には、通路に通じる襖を開けて千春と客が入ってきた。

「ごめんね、休んでた？」

「いえ、もう支度も終わって帰るところで……」

そう言いながら、雪緒は入ってきた客を見て、あっと声を上げそうになった。相手が頭を下げるのを見て、雪緒も慌てて会釈する。

「あの、安藤さんの……」

雪緒がそう声をかけると、女性が深刻そうな顔で頷いた。隣の男性も、心配そうな顔ではいと答える。

彼らは、二つの安藤家の子どもたちだった。

「安藤翔子(しょうこ)です」

女性がそう言うと、男性も頭を下げて、

「安藤静司(せいじ)です」

と名乗った。

二人の名前は、雪緒が先日確認した表札にもあった。ややこしいが、翔子が煉瓦(れんが)造りの家の娘で、静司が北欧風の家の息子。翔子は隣家の悪口を言う父親を窘(たしな)め、静司は電信柱の陰から翔子の家の様子を覗(うかが)っていた。二人が揃(そろ)っているのを見て、雪緒は内心驚いた。何しろ、両家の親たちは相手の家をあしざまに罵(ののし)っていたので。

翔子は、雪緒の顔を見るなり頭を下げてきた。

「あのう……先日はご迷惑をおかけしました。うちの父が……」

「あっ、いえいえ、そんなことは……」

「私の家の者も、きっと何か言ったと思います。本当にすみません」

静司にもそう頭を下げられ、いえいえ……と雪緒は否定に忙しい。

「座ってください。今、お茶をお持ちしますので」

千春がそう言って二人に座布団を勧める。雪緒もミニキッチンで一緒にお茶の用意をしながら、千春にそっと尋ねた。

「どうされたんですか？」

「お食事を作って欲しいってご依頼だよ」

くま弁は通常の弁当以外に注文に応じて色々作っている。仕出しの依頼が来ることもある。今回もその類いなのだろう。

それにしても、二人で来るなんて。

お茶を出しつつ様子を見ると、二人とも、どこか深刻そうな、不安そうな顔をしている。

「何か、ご心配なことでもおありでしょうか？」

雪緒が思わずそう尋ねると、翔子と静司は顔を見合わせた。親たちのように不仲そうには見えない。困った顔で、彼らは二人で説明した。先に口を開いたのは静司の方だった。

「実は、私たちは家が隣同士の幼なじみなんですが、親たちが、昔のいざこざで酷く不仲になってしまいまして……」

「それを、なんとか和解させたいと思っているのですが、事情を知った裏のおうちの方が仲裁のため協力してくださることになったんです」

後を継いだ翔子がそう続けた。

「それで、うちの親たち、どちらもくま弁さんのお弁当をとても気に入っているので、こちらに仕出し料理をお願いして、少しでも和やかに話を進められればと……」

「共通の話題にもなりますし」

静司の言葉に、翔子も頷く。

「なんとか、親たちの不仲を解消したいんです」

「裏のご婦人にお願いして、一席設けてもらうことになったんです。親たちも黙り込んでしまうような、美味しいお料理を作っていただけませんか？」

黙り込んだら和解の場にならないのでは……と雪緒は内心思いつつも、彼らの苦労に共感した。ご近所付き合いのトラブルは経験がないが、親子関係は雪緒もうまくいっていない方だ。

「わかりました。それでは、美味しいお料理を作らせていただきますね。ご両家のアレルギーや苦手な食べ物などのお話から伺えますか？」

千春はいつも通り朗らかな態度でそう対応した。安藤両家の子どもたちは、千春の笑顔に少しほっとした様子で、質問に答えていった。


和解のための両家の食事会は、春分を過ぎた頃に催された。

以前この近辺を訪れた時とは違って、今回は昼間の配達だ。太陽の光に春の温もりを感じ、雪緒は和やかな気持ちになる。雪のかさも減って、日当たりの良い河川敷などでは枯れた草とともにふきのとうが顔を出し始めている。融雪で川の水量も増えた。まだ時折雪が降ったり冷え込んだりすることもあり、そうすると季節が少々逆戻りすることになるが、結局のところ全体ではこの北の都市も春に近づいているのだ。

「それでは失礼致します」

仕出し弁当を届け終えた雪緒は、玄関前で頭を下げた。翔子も深々と頭を下げる。

「色々ありがとうございました」

だが、その時、人の声が家の中から聞こえてきた。外まで聞こえているのだから、それなりに大きな声なのだろう。びくりと翔子は肩を震わせ、心配そうな目を室内へ向けた。

「あ、あの、どうぞ私のことはお気になさらず……」

「……すみません」

雪緒に促されて、翔子は急いだ様子で室内へ戻っていった。女性や男性の大きな声が聞こえる。怒っているか、少なくとも感情的になったような声だ。何があったのかと冷や冷やして、雪緒は建物の様子を覗う。

両安藤家の裏手には、石の塀で囲まれたかなり広い土地があって、そこに大きな切妻屋根を持った家が建てられていた。和洋折衷の庭の木々はおそらく庭師によって冬囲いされて、残雪の中でも凛とした姿で立っている。松の緑が、青々しく美しい。

屋敷の方は庭よりは洋風で、黒塗り板張りの外壁と白い窓枠のコントラストが印象的だ。季節柄窓はすべて閉ざされているのだが、それでもなお、声が漏れてくる。

言い争うような声は徐々に高まっていき、雪緒は立ち去りがたく、しかし声を聞くのも申し訳ないような気がして、バンのドアに手をかけながらもそわそわと落ち着かなく背後を振り返った。

ちょうどその時、玄関のドアが開いて、女性が飛び出してきた。

翔子だ。

それは劇的な状況だった。

翔子はパンプスをつま先につっかけた状態で飛び出してきた。

顔が怒りで歪んでいる。

それまでおとなしそうで優しそうな印象が強かったせいで、雪緒は思わず、ひっと息を呑んだ。翔子は野獣のような目で雪緒を見やると、何故か雪緒に向かって突進してきた。

「えっ、しょ、翔子さん⁉」

翔子はバンのドアに手をかけて、雪緒に訴えた。

「乗せてってください！」

「乗せ……えっ？」

翔子の顔はまだ怒気をはらんで恐ろしいが、どこか切実なものも感じさせる。

その時、再び玄関のドアが開いて、静司も飛び出してきた。彼は翔子を見て駆け寄ろうとしたが、翔子は首を振ってそれを拒み、雪緒を振り返った。苦痛に耐えるように眉根を寄せ、もう一度訴える。

「お願いします！」

すぐに静司が雪緒に向かって声をかけた。

「すみません、翔子さんをお願いします！」

「はっ、はいっ……」

雪緒が反射的にそう答えると、静司は一つ会釈して、すぐにまた屋内に戻っていった。

ほぼ、翔子と静司の勢いに負けた形になったが、翔子の真剣な様子が気になったのも事実だ。

雪緒は翔子を車に乗せて発進させた。

だが、隣の翔子は気が抜けたような表情で黙り込み、雪緒は何が起こったのか、道中でもほとんど聞き出すことはできなかった。


今日は夜の営業は休みだったので、店も静かだ。ユウが厨房で片付けをする物音くらいで、どこかゆったりとした時間が流れている。

だから、雪緒が店に戻ったことに、ユウはすぐに気付いて、休憩室に顔を出した。

「やあ、お疲れ様……」

明るい笑顔でそう言った彼の声が、突然ふつりと途切れる。困惑したような、心配したような表情を浮かべて、ユウは雪緒と、その後ろからついてきた俯いた女性の様子を覗った。

「あの……事情があるみたいで……休ませてあげてもいいですか？」

雪緒がどう話すべきかわからないままそう言うと、ユウはすぐに頷（うなず）いてくれた。

「勿論（もちろん）、大丈夫だよ。僕は掃除してるから、何かあったら声をかけてね」

翔子の様子から、なんとなく人が少ない方が彼女が心地よいと感じたのだろう。ユウはそう言うと、すぐに厨房へ戻っていった。しばらくして、自動ドアの開く音が聞こえてきた。店の前を掃除するようだ。

雪緒は熱いお茶でも出そうとミニキッチンに向かった。来客もここに通すし自分たちも休憩室として使うため、お茶は数種類揃っている。何がいいだろうかと戸棚の前で少し考え、ほうじ茶の茶筒に手を伸ばす。普段使いしているものだが、香りにとてもほっとする。肩の力を抜いてゆっくりしてほしかったから、白くぽってりした湯飲みで出した。

翔子はぼうっとした表情のまま頭を下げると、湯飲みを見つめる。

湯飲みは白く、ぽってりとして――くま弁の看板にも描かれている熊の絵が入っている。三十周年のお祝いか何かで作ったものだと聞いている。どこかユーモラスな熊の顔は、愛嬌（あいきょう）があってほっとする。

その湯飲みを見つめる翔子の顔に、徐々に生気と感情が蘇（よみがえ）り――それとともに、眦（まなじり）がつり上がっていく。正当な怒りを思い出したというように。

「あのう……」

事情を聞こうと声をかけたが、それを拒絶するように、翔子は姿勢を正して頭を下げた。

「ご迷惑おかけしました。申し訳ありません」

「い、いいえ、大丈夫ですよ。ここで休んでいくこともできますから、あ、おなか空いていませんか？　何かお出しできるもの……」

「そういうわけにはいきません。もう大丈夫ですので帰ります」

翔子はぴしゃりと言った。

「かっ、帰るんですか？」

翔子の言葉に驚いて、雪緒はそう聞き返した。

「何か困り事があってのことですよね？　お話伺いますよ……」

今度は、翔子が、えっ、と声を上げた。

「よければですけど……」

「あ、いいえ、私の方こそ、急に車に乗せて欲しいなんて図々しくお願いしてしまい、申し訳ありませんでした。でも、こちらの仕出しとは関係のないことで……」

「でも、よほどのことなんですよね？」

そこで初めて、翔子は雪緒がただの善意で話を聞こうと言っていることに気付いたらしい。大きく目を見開き、雪緒を見つめて、問いに答えた。

「よほどのことです……」

動揺のせいか言い方がおかしい。

「では、話をするだけでも、少しは気持ちが落ち着くかもしれませんよ」

仕出しと関係がないとしても、助けを求められて受け入れたのなら、話くらいは聞きたかった。

助け――そう、勢いに負けて乗せた形にはなったが、雪緒は、翔子の訴えに切実なものを感じていた。あの時翔子は追い詰められて、それが怒りとして表れていたのだと思う。

「あの……それに、親子喧嘩的なことなら、私も身に覚えがあると言いますか……あ、いえ、親子喧嘩とは限らないと思うんですけど」

翔子は呆然と雪緒を見つめている。お茶が冷めてしまう、と気付いて、雪緒はまだ湯気の立つほうじ茶を勧めた。

「よかったら、お茶どうぞ。他のものがよければ色々ありますよ。紅茶とかコーヒーとかも……」

「……いただきます」

か細い声で言って、翔子はほうじ茶を飲んだ。

ゆっくり二口、三口飲んで、ほうと息を吐き出す。

少し穏やかな表情になって、彼女はもう一度、雪緒を見つめた。

「ありがとうございます」

実は……とまだ少し悩む様子ながらも、彼女は話し出した。

「お隣の息子さんと、結婚を前提にお付き合いをしておりまして……」

さすがに驚いて、雪緒は思わず大きな声を上げそうになった。相手を驚かすまいと一旦は言葉を呑み込み、咳払いをして落ち着いた声を出す。

「お隣の……というと、今日も一緒にいらした、あの安藤静司さん……ですよね」

「そうです。以前一緒に、こちらに仕出しのお願いをしに来ました」

「そうでしたか、それでは、今回の顔合わせ……というのは、お付き合いのご報告とかで……？」

油断すると声の調子が浮かれてしまいそうになる。

「いえ、それはまだ伝えていなくて。先に親たちの不仲を解消してと考えているんですが……」

翔子は顔を歪めた。強い不安か不満が表情に出ている。不仲を解消できなかったことへの苛立ちか、焦りか、あるいは、そもそも不仲を解消することなど不可能だと絶望しているのかもしれない。

「今回も、うまくいかなくて……うちの親も嫌みというか……事前に何度も、そういう言い方はしないでほしいと伝えたんですが、結局全然聞いてくれなくて……それでも裏の河東さんがいらした時は多少は控えていたんですが、ちょっと河東さんが中座した途端……」

「それは……お辛かったですね」

「結局、食事会なのに食事に箸もつけないで……！」

翔子の声が怒りに震える。手も震えていてお茶を零しそうになる。

「だっ、大丈夫ですか？」

雪緒を驚かせたと思ったのか、翔子は恥じ入った様子で謝った。

「すみません、私も本当に腹が立って……湯飲みの熊の絵を見たら、思い出してしまって」

「そ、そうでしたか……」

「……もう、無理なんじゃないかと思うんです」

翔子は厳しい顔をしている。確かに、長年に亘って仲違いしてきた両家の間を取り持つというのは大変なことだろう。

だが、雪緒の予想とは違う言葉を翔子は漏らした。

「私たちの関係……」

私たち？

親子関係という話ではないような気がする。

話の流れを考えて、雪緒は確認した。

「私たちというのは……もしかして、翔子さんと静司さんのお話ですか？」

「そうです。彼は、どうしてもうちの親と彼の親を仲直りさせたいみたいで……それを経てからじゃないと、私たちも結婚できないという考えなんです。でも、そんなのおかしくないですか？　親同士がいがみ合っていたら結婚できないなんて！」

強い調子で翔子は訴える。不審と苛立ちが眼差(まなざ)しに垣間見(かいまみ)えるようだ。

「親同士は関係ないでしょう。私は静司さんと結婚したいし、静司さんも同じように思ってくれているのなら、それで充分です。二人とも、働いている成人ですよ！　あの人たちを仲直りさせてからなんて、いったいいつになるのか……こっちだって色々あるんですよ、子どもだって欲しいし！」

同年代か年下らしい彼女の言葉は、そのまま雪緒にものしかかってくる。正直、まだ焦る年齢ではないのではと思うものの、それは雪緒の意識が低いせいかもしれないし、そういうものへの優先度が低いせいかもしれない。

だが少なくとも、親たちの軟化を十年も二十年も待てないというのはわかる。

すみません……と翔子は激してしまったことを詫(わ)び、しぼり出すような声で言った。

「このままじゃ、いつ結婚できるのかもわからなくて……不安なんです。静司さんにも話してはいるんですが、それでも時間がかかっても親を和解させた方がいいって……私だってそうできればそうした方がいいとは思いますけど……」

翔子は苛立った様子で声を吐き出した。

「到底っ、和解させられるとは思えなくてっ！」

親たちとは一度配達で会っただけだったが、雪緒にも彼女の言いたいことは理解できた。仕事で来た配達員にも言うほどだ。道で行き会ったり、町内会の催しなどで顔を合わせた時、いったい何が起こるのか、少し想像するだけでも怖い。きっと周囲の人間も気を遣っていることだろう。

雪緒はふと、静司が電信柱の陰から隣家の様子を覗っていたことを思い出した。自分の家の悪口が聞こえたからだろうと思ったが、彼らが恋仲ならば、また見え方が違ってくる。彼は、自分の家をあしざまに罵る恋人の親と、それを咎める恋人の様子を見ていたのだ。

心配そうな顔をしていた。

それは、心配してしまうだろうなと思う。自分の親のことで、恋人とその親が不仲になっているのだから。

「うーん……」

彼の人となりをよく知っているわけではないが、静司の気持ちもわかる気がした。

「すみません、色々話してしまって……でも、おかげで気が紛れました」

翔子は雪緒に向かって丁寧に頭を下げた。気が紛れた……というのは本当かもしれないが、当然のことながら問題が解決したわけではなく、彼女の表情は晴れやかとは言いがたかった。

それでも、やってきた時よりはしっかりとした目で雪緒を見つめて礼を言う。

「どうもありがとうございました」

「いえ、私は本当にお話を聞いただけなので……あの、失礼ですが、この後はおうちに戻られるんですか？」

「……わかりません。でも、あとは自分で行きますので、もう大丈夫です」

そう言って立ち上がると、彼女はもう一度頭を下げて、店を出て行った。

雪緒は玄関の外に出てそれを見送り、店に戻ってユウに声をかけた。

「すみません、ありがとうございました」

「いや、いいんだよ。何かあったの？」

ユウはモップ掃除の手を止めてそう尋ねる。

「はい……あ、お店の仕出しには何も関係はないんです」

そう言ったところで、雪緒はそれ以上の説明をしにくく固まってしまった。翔子の話を翔子自身の許可なくユウにするのは気が引けた。何しろ、こちらの仕事とは関係のない話なのだ。

雪緒は粕井を思い出していた。雪緒の場合は恋人にさえなってはいないが、思いがすれ違っているのは一緒だ。もう無理なんじゃ……という彼女に共感してしまう。どうしたらいいのかわからないのだ。

翔子はどんな答えを出すのだろう。

ユウはあっさりと言った。

「そっか。何か困ったことあれば相談してね。お疲れ様です」

「お、お疲れ様です」

ユウはよく客の相談に乗るし、お節介と言われるような関わり方もする。

だが、こんなふうにそっとしておいてくれることも、ある。

仕事と関係ないから無関心、というわけではなく、たぶん雪緒を信頼してくれているのだ。

「あ、容器の回収もお願い出来る？」

仕出し用のお重は普段のお弁当と違って漆器なので、回収に行かなくてはならない。

ユウに言われてそれを思い出し、雪緒ははい、と答えて掛時計を見やった。容器の回収は当日の午後四時にと言われている。

「大丈夫です。一度帰ってもいいですか？」

「勿論（もちろん）、それでもいいよ。何か用事あれば回収だけ僕が行くよ」

「いえ、特になにもないのでやりますよ」

翔子のことが心に引っかかってはいたが、とりあえず雪緒にできることはなさそうでもある。容器の回収の時に、静司に少し話を聞かせてもらおうと思いながら、雪緒は休憩室に荷物を取りに戻った。

両安藤家の裏には河東シズエという高齢の女性が一人で住んでいる。

雪緒が弁当を届けた河東家に容器の回収に向かった時、前方の路地が消防車と救急車で埋まっていた。

交通規制がされていて通れないので、雪緒はバンを邪魔にならない場所に停めて、集まってきた近所の人たちの間から前に出て、ぎょっとした。

救急車のそばに、びしょ濡れになった静司と親たちが集まっている。

近所で火事かと思っていたが、まさに河東の家で火事があったのだ。

「だっ、大丈夫ですか⁉」

雪緒が駆け寄ってそう声をかけると、近所の人からタオルを渡されていた静司が、雪緒の方を振り向いた。それから、あっと叫んで、狼狽した顔になった。

「食器ですよね⁉　すみません、まだ部屋に戻れなくて……」

「それどころじゃないですよ！」

びっくりして雪緒は思わず叫んだ。


翌日に訪れると、静司は雪緒を自宅のリビングに通してくれた。

南向きの出窓からレースカーテン越しに陽光が差し込む、明るい部屋だ。

花があちこちに飾られているおかげで、一足早く春を感じられる。

リビングのソファには、手首に包帯を巻いた高齢女性が座っている。昨日も弁当を運んだ時に挨拶したが、彼女が河東シズエという裏の屋敷の主だ。シズエは雪緒を見ると立ち上がって丁寧に挨拶をし、昨日の礼と容器の返却が遅れたことを詫びた。

「いえ、そんな……それより、お身体は大丈夫ですか？」

「まあ、私の心配までありがとうございます。勿論、この通り大丈夫ですよ。手首を捻ってしまっただけで。骨も無事でしたが、それも皆さんのおかげなんですよ」

シズエは、静司を見やって微笑んだ。

「そんな、たいしたことは……」

静司は恐縮していたが、たつ子は茶を運びながらほがらかに笑った。

「まあまあ、でも本当に、すぐに火も消せて何よりでした！」

そう言って、まだ突っ立ったままの雪緒を見て、まあっ、と大きな声を上げる。

「静司、いつまで立たせておくの。ほら、座ってくださいな」

「あ、はい、ありがとうございます……」

雪緒は促されるままにソファに腰を下ろした。容器の回収に来ただけなのに座って話をするのも変な感じがしたが、宅配の仕事まではまだ時間があったし、静司の様子も見ておきたかった。

昨日、静司は翔子を雪緒に託した。言い換えれば翔子の逃亡を手助けしたのだ。親たちを和解させたいと思うと同時に、彼は翔子の気持ちも尊重しようとしているのだろう。

「実はあの時、家にあった古いストーブから出火してしまいまして……私の管理不足です。せっかくのお食事会も途中でしたから、用意していただいた仕出しもほとんど食べられないままで。食事を……本当に申し訳ございません」

「いえ、皆さんが逃げられてよかったです」

「そうなんです！　それも、静司さんと、両家の親御さんたちのおかげなんですよ。足の悪い私を抱えて逃がしてくれて、その後も消防車を呼んだり、協力して誘導したり……てきぱきと分担して、とっても頼りになりました」

協力？　分担？　雪緒はそっとたつ子の様子を覗った。たつ子はソファに腰を下ろして、まんざらでもなさそうに微笑んでいる。

「まあ、なんというのでしょうね、ああいう場面ですし、咄嗟に力を合わせて……と申しますか。普段はね、そりゃあ嫌みな人だと思ってましたけど、ああいう場面ではちゃんと動くんだなあなんて思いましたよ。延焼しそうなものを離したりね、気も利いてましたよ、お隣のお二人とも」

「は、はあ……」

たつ子はどうやら素直に隣家の親たちのことを見直したらしい。雪緒はあまりに急な変化で驚いたが、ボヤ騒ぎで済んだとはいえ火事が燃え広がる可能性もあった中、みんな逃げてそれほど延焼もしなかったというのはやはり二つの安藤家の人々が協力しあったおかげであり、そういう危機を共に乗り越えた経験は、彼らの関係にも変化をもたらしたのだろう。

……ということは、翔子と静司も両親に交際報告ができるのだろうか？

そう思って観察すると、静司の表情も心なしか穏やかに見える。

その時、ドアベルが鳴って、たつ子がはいはいと忙しそうに立ち上がった。

インターフォンのモニターに映った姿をちらっと見た雪緒は驚いてもう一度まじまじとモニターを見た。

「あら、安藤さん。どうされました？」

インターフォンを鳴らしたのは、隣家の安藤翔一だった。

『お宅宛てのあ郵便が届いたんで、お届けに来ましたよ』

「まあ、それはそれは、ありがとうございます」

たつ子は昨日までとは比べものにならない柔らかな声で答えた。

雪緒は内心ぎょっとしていたが、たつ子はごく普通の態度で玄関まで出ていく。静司はちょっと心配そうな様子でその後についていった。たつ子と安藤翔一は穏やかな声で挨拶している。

「すみません、わざわざ」

「いえ、お互い様ですよ」

隣家は夫婦で来ていたらしく、翔一の声に続いて、雪緒がまだ顔を見ていない女性の声も聞こえてきた。

「これ、よかったら皆さんで……」

「あらあ！　こんなによろしいんですか？」

雪緒も気になって聞き耳を立ててしまったが、漏れ聞こえてくるのは和やかな会話だけだ。よかったら上がっていかないかと誘われて、翔一たちは遠慮している。

突然、向かいのソファに座っていた河東が立ち上がって、玄関に歩いていく。

「こんにちは、安藤さん。昨日は本当にありがとうございました」

挨拶に向かったのか。こうなってくると雪緒も座ったままでは落ち着かず、その場で立ち上がった。河東の挨拶の後で、自分も声をかけるつもりだった。

「翔子さん、大丈夫かしら」

心配そうに言う河東の声が聞こえた。そういえば、翔子は昨日、火事の前に飛び出して行ったのだった。

どうも、話しぶりからすると、翔子は結局あれから戻っていないらしい。

「ほら、お電話もうちに置いていってしまったでしょう。困ってないかしら……」

翔子の親は「心配ない」と「申し訳ない」を繰り返す。携帯電話の類いを置いていってしまったのなら、連絡もつかないのだろうか。河東の家が火事になったのも知らないのかもしれない。知っていたら、さすがに戻ってきそうなものだ。

「静司さんならご存じないかしら？」

唐突に河東から話を振られて、静司は驚き息を呑んだ様子だった。雪緒はだんだん気になってきて、じりじりと玄関に通じる廊下の方へ近づいた。

「ぼっ……僕ですか」

「そう、ご存じない？」

「そう……ですね。こういう状況ですので、実は僕も知っている範囲には訊いてみたんですが、まだちょっとわからなくて……」

「そうなんですね。心配ですよね、静司さんも。でも、きっと翔子さんは帰ってくると思いますよ、静司さんのところに」

際どい発言では？　雪緒は思わず扉の陰から覗いてしまった。

静司はしどろもどろになりながらも河東の言葉を訂正しようとした。

「そ……っ、そうですね、ご両親のところにきっと無事に……」

「だって、結婚されるんですものね」

その瞬間、場の空気が凍った。

それまでの朗らかな雰囲気はどこかに吹き飛んだ。玄関に立ったまま、翔子の父の翔一は静司に確認した。

「結婚とは、どういう話だ？」

翔子の話だと、結婚を前提にしているだけでまだプロポーズもしていないように思われた。静司も咄嗟に言葉が出てこない様子だ。

その静司の態度が癪に障ったのか、翔一はそれまでよりぐっと低い声で言った。

「君は、私たちに隠れてこそこそとうちの娘と付き合ってたということか？　うちの翔子が今どこにいるか本当は知ってるんじゃないか？」

「えっ、いや、申し訳ないんですがそれは本当に……」

たつ子も唖然とした顔で静司を見つめていたが、翔一の口調が気にくわなかった様子で、キッと彼を睨み付けた。

「静司が知るわけないでしょう、あなたの娘が勝手に飛び出していったんですよ！」

「まあっ、それはあなたがあんなひどいことを言うから……！」

ごく近い距離で言い合うたつ子と翔子の母親は今にも摑み合いを始めそうな雰囲気だ。

さすがに止めなければと思った雪緒が飛び出した時、静司が大きくはないがはっきりとした声で言った。

「説明させてください」

それでひとまず親たちは一度口を噤んだ。雪緒はその瞬間を逃さず、あのっ、と声をかけた。

「おっ、お茶でも召し上がりませんか？」

いや、ここは別に店ではないし、雪緒は家主ではないのだが、放っておくと本当にまずいことになりそうだったので、とにかくそう言った。

それに静司も乗っかった。

「ここは寒いので、どうか部屋に上がってください。お願いします」

親たちは不満そうに、あるいは忌々しそうに相手を睨み付けたが、その提案を受け入れて、たつ子も部屋に上がるよう誘い、翔一たちもそれに従って靴を脱いだ。

どうして私はここでお茶を出しているんだ……？　と雪緒は頭の片隅で思いながらも、

てきぱきとお茶を運んだ。静司が淹れた玉露入りのお茶だ。静司は青ざめてはいたが、完全に肝の据わった顔をしていた。

両家の親はリビングのソファに向かい合って座り、その横の一人掛けのソファに河東がちょこんと座っていた。

出されたお茶を飲み、彼女はごく落ち着いた声でお茶の香りや味や温度を褒めている。自分の発言で二家族の雰囲気ががらりと変わったことをあまり気にしていないような、飄々とした態度で、雪緒はつい河東を観察していた。河東は小柄な和装の老婦人という外見をしていたし、今こうしてお茶を飲んでいてもにこにこ微笑んでいるし、いかにも穏やかな、おっとりとした性格に見えた……それでは、どうしてあんな爆弾を投下した？

静司は、ソファのそばのラグに膝を突いた。

「翔子さんとは、高校三年生の春からお付き合いしています。黙っていて申し訳ありませんでした」

頭を下げる静司を、翔子の父の翔一は忌々しげな顔で、母のユミはひっくり返らんばかりに身をのけぞらせて聞いている。

「こっ、高校から？　そんな……もう八年以上じゃないの！」

「どうして黙っていたの、静司」

たつ子の声は感情の抑制が利いていたが、それでも震えている。

「反対されると思ったからです。翔子さんも、そうしたいと言っていました」

後半は、翔子の親たちに向けてそう言う。

「本当に結婚するつもりなのか？」

翔一にそう問われて、静司は彼を真摯に見つめ返して答えた。

「はい。プロポーズはまだですが、気持ちは同じだと思っています」

「昨日のも、結婚のための顔合わせみたいなものだったの？」

翔一とは対照的にユミは前のめりで食い入るように静司を見つめている。

「いいえ、昨日は説明した通りの食事会です。純粋に両親同士の不仲を解消したいと考えたため、河東さんに仲裁をお願いしました」

「今の世の中、若い二人が親の不仲で結婚できないなんてかわいそうですもの」

おっとりとした口調で河東はそう言って、またお茶を飲む。

「どちらのおうちの方もくま弁さんのお弁当が好きだっておっしゃっていたから、それならと仕出しをお願いすることになりましてね。共通の話題にもなりますし、何より美味しいものを一緒に食べられたら、少しは場の雰囲気も解れるんじゃないかと静司さんも翔子さんも考えたんです。私も運んでいただいたお料理を拝見したら、美味しそうで、とっても素敵なお店だと思ったんですが……」

だが、その期待も虚しく、両家は罵り合いを始め、ついに堪えきれなくなった翔子は部屋を飛び出してしまったのだ。

ふん、と翔一は横柄そうな態度で鼻から息を出した。

「とっくに成人しているのに、親の承諾もなしには結婚もできないのかね」

「静司が私たちの顔色を見てるって言うんですか？」

「実際、そうじゃありませんか。プロポーズだってしてないんでしょう？　うちの娘が飛び出したのも、大方静司君とのことに絶望したせいじゃないですかね」

「はあ？　失礼ですけど、翔子さんが出て行ったのは、あなたがたがいつまでもグチグチ私たちに文句ばかり言って、まったく翔子さんの制止を聞こうともしなかったからでしょう。あなた方の子どもでいることに嫌気が差したんじゃありませんか？」

「あ……あなた本当に失礼な人ですね！」

　ユミが顔色を変えて怒り始めた。

　だが、静司が声を張って彼らの会話に割って入った。

「僕が不甲斐（ふがい）ないのは事実です。実際、仲違（なかたが）いをずっと仲裁できないままここまで来てしまいました」

　今まで一歩引いたような控え目な人だと思っていたが、今は膝でにじり寄るようにして前へ出て、両家の間に身体を入れている。

「僕が親同士の和解を先にと考えたのは、僕との結婚によって翔子さんに実のご両親と不仲になってほしくなかったからです」

「君らの都合で私らに仲直りさせようというのか？」

「そうです」

目を見てそう言うと、静司は頭を下げた。

「どうか翔子さんのことを考えてください。昨日のお二人の心配りや判断の速さには僕の両親もずっと感心して帰宅後も素晴らしかったと話し合っておりました。今後は良い隣人として、良い身内として、お付き合いさせてください」

「……それは本当かね」

「はい、勿論（もちろん）――」

「君の両親、私らのことを感心してたって？」

「はい……」

翔一の言葉が気に障ったのか、たつ子はむっとした表情で翔一を睨み付けた。

「感心なんてそんな大層なものじゃありませんよ。あれは悪くなかったとか、そのくらいで……褒めそやしたみたいに思われたくはありませんね。ただ、これまで考えていたよりはちゃんとした人たちでしたねってだけです。その……誰だってできることじゃありませんからね、特にああいう緊急事態の中でというのは」

「そ……」

何か言い返そうとしたようだが、ユミは口を噤んだ。何しろ、言葉は良くないが、内容的には一応褒めている。あまり言葉尻（ことばじり）をいじる気にもならなかったのだろう。

ごほんとユミは咳払（せきばら）いをして言い直した。

「そちらがどんなふうに我が家のことを考えていらっしゃったかは存じませんけど、多少は印象が修正されたのなら良いことですね。お宅の静司さんも、河東さんを抱き上げて逃がしてさしあげて、少し見直したんですのよ。だって、私てっきり一人で我先に逃げるタイプかと思ってましたから」

「うちの子がそんなことするわけないでしょう！」

「その話はもう一旦(いったん)置いておきましょう」

翔一が身を乗り出してきてそう言った。

「つまり、そちらは子どもたちの結婚を許して祝福する気がおありなんですか？　当たり前ですが、翔子への嫁いびりなんてのも無しで願いますよ」

嫁いびりという言葉にいらついた様子だったが、それでもたつ子は一応声を荒らげずに答えた。

「さあ、正直わかりません。しかし、たとえ、私たちが全員結婚に反対していても、子どもたち自身で判断しなければいけないことです」

「ふむ」

翔一もそれには同意なのか頷(うなず)いている。

反対されるのかと静司の背中が強張(こわば)るのが雪緒にもわかった。

このままだと静司は許しを得られそうにないし、そうなると翔子と結婚しようとはしないかもしれない。雪緒は思わず口を挟んでいた。

「こっ、子どもは親の喧嘩(けんか)とは関係ないと思いますし、それで誰かと付き合うなと言われたら結構ショックですね、私なら……」

親たちの視線が雪緒に集まる。雪緒の声は小さくなってしまう。赤の他人が口を挟むべき問題でないのはわかっているが、子の立場として——そして、大事な人とすれ違っている人間として、黙っていられなくなってしまったのだ。

「結婚って、当然ですけど、一生のことなので……」

なんとか最後まで言い切った。

三人の親たちは数秒口を噤んでいたが、その中で、最初にユミがうんざりした様子で口を開いた。

「私、子どもに恨まれたくはありませんね。自分たちが不仲だからと結婚に反対して、そのせいで一生恨まれるなんてぞっとします」

「嫌われたくないから反対しないのか？」

「確かにたつ子さんご夫婦とは色々ありましたが、静司さん自身には私は不満はありませんし、よほどのことでもない限り、成人した子どものことにああだこうだ反対はしたくありません。そんなのもう卒業した方がいい年ですよ、私たち」

翔一は不機嫌そうに口をへの字にして黙った。

ややあってから、彼は大きな不満を吐き出すように鼻から息を押し出した。

「少なくとも、自分たちが結婚しないのを親のせいにするのは違うだろう」

まあ、その考え方はわかるといえばわかる。翔一はずっとそういった主張をしているわけで、一貫している。とはいえ実際、親からの激しい反対を押し切って結婚するよりは、普通に祝福されて結婚したいと思うものだろうし、翔子と静司だって同じだろう。

「大事なのは、親より本人たちの意思ですからね」

ユミもそう言って頷いている。

たつ子は床に正座する息子を見やる。

「あなたは、結局どうなの？」

「えっ？」

「結婚する気あるの、私たちから反対されても」

「それは……はい、勿論、最終的には」

どうにも煮え切らない態度に見えたのか、たつ子は渋面になった。

河東だけは、一人楽しそうに笑っていた。

「あらあら。話し合うべき人たちは、他にいたようですね」

その言葉を聞いて、雪緒は思わずあっと小さく叫んだ。

雪緒の声に気付いて、河東が細めた目を雪緒に向ける。

「あの……つまり、お弁当のお届け先は……」

雪緒はここに初めて弁当を届けた時のことを思い出していた。今度も『同じ』なのだ、ということに、やっと気付いた。

あの時雪緒は間違って隣家に弁当を届けそうになった。今回も同じで、届けるべきは両親ではなかったし、話し合うべきは両親同士ではなく――翔子と静司だ。

　河東は可愛らしく手を叩いて喜んだ。

「そうです。その通りです。私もそう思います。私は食事会の招待客を間違えたんです。そして、あなたにも間違った相手に運ばせてしまった……いかがでしょう、たつ子さん、翔一さん、ユミさん。今度は、私たちで若い人たちに場を設けてさしあげません？　だって結局、この問題を解決するのはご当人たちですもの」

　親たちは互いに顔を見合わせた。

　そして、ほとんど全員同時に頷いた。

　たつ子が雪緒を見て言った。

「そうですね、そうしましょう。くま弁さん、仕出し、結局火事で食べられなくなってしまって残念ですけど、改めてお願いします。静司と翔子さんのために食事会をしますから、お料理用意していただけませんか？」

「はい！」

　雪緒が勢いよく答えると、ユミもほっとした様子で言った。

「それじゃあ、仕出しは堅苦しいから、若い人たちならもっと気軽で気の利いたものがいいんじゃないかしら？」

「あら、素敵ですね。それは、私にやらせていただいてもよろしいでしょうか？」

　河東はそう言ってその場にいた親たちの同意を取ると、さっと立ち上がった。

「それでは、今日はこれで失礼しますね。皆様、昨日は本当にありがとうございました。くま弁さん、私の方で注文を決めさせていただきますから、どこか近所の喫茶店にでも参りましょう」

「あら、それならうちでもよろしいんですよ」

「静司さんたちは何が出てくるかわからない方が楽しいと思いますので。よろしいですね、くま弁さん」

「えっ、あ、はい……」

リビングの端に突っ立っていた雪緒は、突然声をかけられて驚きながらもそう答えた。河東の後に従って、安藤家を出た。親たちは納得している様子だったが、静司はどうも呆然(ぼうぜん)として、事態の変化についていけていないようだった。

雪緒は意外に速く歩く河東の後について雪に轍(わだち)が残る道を横切り、住宅街の中にある喫茶店に入った。古い蔵か何かを改装したらしいそこは暖かく、昼であったがほの暗く、ステンドグラスシェードのランプに照らされていた。

奥のテーブルに座った河東は、雪緒を向かいに座らせて、二人分の飲み物を注文した。コーヒーとカフェラテが届くのを待つ間、雪緒は河東に随分前から抱えていた疑問をぶつけてみた。

「あのう、先程の、静司さんと翔子さんのご結婚の話ですが……」

「ええ」

「あれは、わざと親御さんたちの前でおっしゃったんですよね？」

「ええ」

想像よりも遥かにあっさりと認めて、河東は微笑んだ。

「あの……どうしてでしょうか。あのままなら、和解できたのでは……？」

河東の切れ長の目が軽く見開かれた。小柄で頭も小ぶりの彼女の顔は、思い返してみるといつもにこにこと笑顔で、どこか能面のようでもあった。

彼女はまた上品に微笑んで答えた。

「だって、あれは単に昨日の勢いでなんとなく相手を信頼している気分になっただけでしょう。実際、子どもたちのお付き合いの話が出た途端、相手を敵視しだしたわけですし。遅かれ早かれ、火事の時の魔法が解けたら、また不仲になりますよ。それなら今結婚の話を聞かせて問題を炙(あぶ)りだした方がよろしいと思いましたの」

「な……なるほど……」

河東の指摘は正しいのかもしれないが、それで静司にも相談せず突然爆弾を投げつける辺り、恐ろしくもある。

「あなただって、静司さんのこと助けてあげてましたねえ」

河東が指摘しているのは、親たちに向かって雪緒が主張したことだろう。親の喧嘩に巻き込まれたくないとか、結婚は一生のことだとか、そんな話を確かにした。

「はあ……でも、私の意見で安藤さんたちのご意見が変わったとは思えませんが……」

「そりゃあね、でも若い人から言われて、我に返ることってあるでしょうから。それに、あなたは静司さんたちの味方なんだってあれでわかったんですよ。だから、お話ししたいと思って、お誘いしたんです」

飲み物が運ばれてくると、彼女はコーヒーを手に取って嬉しそうに一口飲んだ。

「さ、それでは早速ですけれど、お弁当についてお話ししましょう。お若い人たちですから、確かにユミさんのおっしゃる通り、少し気楽に食べられるものがよろしいでしょうね」

「そうですね……あっ」

雪緒が突然大きな声を出してしまったので、河東は驚いた様子でちょっと身を引いた。

「どうなさったの」

「すみません。あの、私がこのままお話を伺うこともできますが、店長たちの方が色々アイディアも出てくると思いますので、もしよかったらお店で改めて……」

「ああ、いいんですよ。そんなにたいした要求があるわけではないんです。それに、静司さんたちはあなたに相談したと聞きましたし、それなら今回もあなたに相談するのが良いと思います。私としても、是非あなたにお願いしたいですね。静司さんと翔子さんのことを親身に思ってくれているように感じましたから」

「……わかりました。では、私が承ります。あ、久万雪緒と申します……よろしくお願いします」

「はい、よろしくお願いします」

雪緒は改めてポケットからメモ帳とペンを取り出した。

「えっと……今回は、静司さんと翔子さんのお話し合いの場でのお料理とのことですが、お弁当の形でよろしいのでしょうか」

「そうですね、あまり高価だとあの子たちが気にしてしまうかもしれないから、予算は……」

河東の話を聞き、メモをしていきながら、ふと雪緒は目を上げた。河東はどこか少し嬉しそうに見える。よく見せる上品な笑顔なのだが、血色が良い。

「……河東様は、静司さんや翔子さんのことを小さな頃から知ってらしたんですか？」

「……そうですねえ。お二人とも、小学生の頃にあそこに越してきたんですよ。私は主人の三回忌が済んだところで、なんだか気が抜けていたんですけど、まあ賑やかになりましてね。その賑やかさが心に染みるというんですかねえ……嬉しかったんですよ」

にっこりと笑う顔ははつらつとして、それまでよりも若々しい。

「良い子たちですよ。私のこと、河東のおばさんって。二人でよく遊びに来てくれてね、修学旅行なんかでは欠かさずお土産もくれるし、留守番をしていた時は――」

そこでふと河東は言葉を切った。口を開け、ああ、そうそう、と目を輝かせて言う。少し早口で、そこにもまた喜びが感じられた。

「今思い出したんですけど、あの子たち、ハンバーガーを作ったんです。お留守番をしていて、雨で外で遊べなくて、二人とも暇そうにしていた時に、突然、どちらかが、お昼ご飯を作ろうって言い出して。お昼ご飯代はもらってるけど、それをそのまま懐に入れたいから、自分たちで作るって！　それで私がお台所を貸してあげて、あとはそれぞれの家から材料を持ってきて……作り方を教えてあげましょうかって言ったら、ハンバーグなら作ったことあるから大丈夫って」

そこで何か思い出したのかくすくすと笑う。

「最初にできたのは、もう、ものすごく分厚いハンバーグで、それをロールパンの間に挟むんですよ。火は通ってましたけど、さすがに食べにくそうだと思ったのか、二回目にはもっと薄く焼いてました。私もお相伴させてもらったんですけど、お肉の味は濃くて美味しいんですけど、硬くて、食感も……なんていうんですか、柔らかくてジューシーな感じがまったくしないんです。ごつごつしているというか……」

「ははあ」

「あら、何かお気づき？」

「いえ、その……お肉だけで作ったのかなと」

「正解！　そう、繋ぎになるものを何も入れなかったんです。パン粉がなかったからって！　でもねえ、これが不思議で、不格好だし、なんだかぼろぼろしてるんですけど、レタスとかトマトとかチーズとかと一緒にパンに挟むととっても美味しいの。あれが私の知っている、二人の初めての共同作業かしらねえ」

初めての共同作業。

幼なじみらしいエピソードで、雪緒が聞いていてもなんだか胸が温かくなる。素敵な話だなと思いながら、ハンバーガー、と呟く。

「ハンバーガー……って、いかがでしょう。今回のお弁当ですが……」

一瞬ぼんやりとした表情を浮かべた河東だが、次の瞬間には目を煌めかせ、頬を上気させた。

「ハンバーガー！　いいと思います。是非そうしてくださいな。……あ、でも、お弁当屋さんにハンバーガーなんて頼んでいいのかしら？」

「一度持ち帰って店長たちと相談しますが、当店ではサンドイッチなどもお作りしておりますのでお引き受けできると思います」

「まあ、そうでしたのね。ありがとうございます。是非お願いしますね」

「はい、こちらこそよろしくお願いします」

話がまとまり、雪緒はほっとする。

その時ちょうどカフェラテが運ばれてきた。

少し余裕ができた雪緒はほの暗い店内を見回す。色とりどりの光が、ランプ越しにテーブルに落ちている。さほど広くもない店内は、他に一人客が数名いるだけで、静かだった。石壁は冷たいが、空気はストーブで暖められている。

「お節介なのはわかっているんですよ」

不意に河東がそう呟いた。なんのことかと雪緒が見ると、河東はいつも通り微笑んでいたが、その口角に少し力が入っている。自嘲というか、苦笑というか。

「若い人たちの世話を焼いて、あまり良くないことだとは思うんです。任せておけばいいのに、ってもう一人の自分が言うんですよ。こんなおばあちゃんになっても、そんなこともわからないのかって」

そのままの表情で、彼女はちらりと雪緒を見やった。諦念を感じさせるが、不思議と爽やかで、軽やかな表情に見えた。

「でも、ダメねえ！　全然、黙っていられないの。物わかりの良い年寄りを気取っても、結局口を出しちゃうんですよ。いやねえ、本当に」

ダメだとかいやだとか言いつつも、そこまで深刻でもなく、卑下するでもなく、ただ自分のあり方をそのまま受け止めて、批評しているような感じだ。雪緒は思わず笑みを零した。

「うちのお店の人たちもお節介ってよく言われていますよ」

「あら、あなたは？」

「私が口を出してしまったのは、ちょっと、自分と重ねてしまっただけなので……」

翔子と静司のためというよりは、彼らのすれ違いが、我がことのようで悲しかったのだ。

雪緒がそう言うと、あら、と河東は口を丸く開けて、それから恥ずかしそうに口元を隠して笑った。

「自分と重ねて……ということは、もしかしてあなたもどなたか思い人がいらっしゃるのかしら。ああ、いいのよ、言わないで。個人的なことですものね。でも、きっかけなんてなんだっていいと思いますよ。お節介……でいいんでしょうか。お節介はお節介でしょう」

「じゃあ、私も、お節介……でいいんでしょうか」

「いいんじゃないかしら？　ふふ……私、手首を痛めてしばらくは食事の支度もできないし、おたくのお弁当頼もうかと思ってるんです。あなたが運んでくれるのかしら？　それなら嬉しいんですけど」

「ええ、私がお届けしますよ。ご注文お待ちしています」

うふふと河東は上機嫌で笑い、メニューを手に取った。

「せっかくだからお祝いにアイスクリームも食べちゃいましょう！　あなた、久万さん、奢りますから付き合ってくれますか？」

「えっ、ええ、いいんですか……？」

「いいんですよ、勿論」

冬に暖かい喫茶店で食べたアイスクリームは、少ししゃりしゃりして、ミルク感が強く、人工香料ではないバニラビーンズの香りに包まれて、なんだかとても贅沢な味がした。

とはいえ、そもそも翔子の居場所がわからなければ弁当を届けることもできない。私用スマートフォンは河東家に置きっぱなしで、共通の友人たちに連絡しても居場所がわからない。会社用のスマートフォンはたぶん持ち歩いているが、その番号は家族や静司は知らなかった。

「残る手段は、退社時間を見計らって会社の前で待ち伏せするとかなんですが、さすがに嫌われそうで……」

静司が随分悩んでそう言った。

翔子もいつまでもこんなふうに飛び出したきりとも思えないから、そのうち気持ちが落ち着いたら戻ってくるつもりだろうとは思う。

雪緒は、翔子を捜そうと静司と相談していたのだが、実際にできそうなことはすでに静司があらかたやっていたため、雪緒の提案すべきことは特になかった。

翔子が家出して、三日経っていた。

静司は陰鬱に溜息を吐いた。

「火事のことくらいは伝えておきたいんです。河東家は僕たちがしょっちゅう遊びに行っていて、一部屋だけとはいえその建物が火事に遭ったんですから。河東のおばさんまで怪我をしてます。これは伝えておかないと、翔ちゃんも怒ると思うんですよね……」

今ぽろりと出てきた、翔ちゃん、というのが普段の呼び方らしい。

「もしかしたら今頃、お友達経由で火事のことを聞いてるかもしれませんよ。近所ではニュースになるでしょうし……」

　雪緒が自信なげに呟いた時、突然凄い勢いで静司のポケットでスマートフォンが連続して鳴った。何度も続けて通知を受け取ったようだ。

　訝しげな顔で静司はスマートフォンを見て――目を大きく見開き、食い入るように液晶画面を見つめた。

　どうやら連続して届いたのはどれもメッセージだったらしく、彼は我に返ると届いたメッセージをあたふたと読み、随分ほっとした顔を雪緒に向けた。

「か、彼女です。やっぱり、火事のこと友達から聞いたみたいで、今連絡くれました。これから河東さんちに行くみたいなので、僕も行ってきます」

「そうでしたか！」

「はは……よかったです。それじゃ、あの、失礼します」

　静司はスマートフォンを握り締めたまま休憩室から出ようとして、足を止めて雪緒を振り返った。

「お弁当、もしかして今から河東さんちに持ってきていただくこともできますか？」

「それは……」

「大丈夫ですよ」

　そう言って厨房からひょいと顔だけ覗かせたのは、ユウだ。

「聞こえてました。連絡来てよかったですね！　今日これからお持ちしてよろしいんですか？」

「はいっ、彼女と一緒にご飯食べる約束は取り付けたので、是非お願いします！」

力強くそう言って、静司はばたばたと廊下を走って玄関から外に出て行った。

それを見送り、雪緒は店に戻った。すでにユウは厨房で忙しそうに働いている。焼きたてのパンの匂いがしてきたことに気付いて、雪緒は驚いた。

「あれっ、もうパン焼いているんですか？　いつの間に……」

「午前中に捏ねてたね。試食ついでに自宅用として食べるつもりだったんだ。ほら……千春さんが食べたがるから……」

嬉しそうにユウは言う。そう、千春はユウの料理のファンなので、普段作らないものなら絶対に食べたがるのだ。

「じゃあ、私も準備してきます」

「うん、よろしくね」

雪緒は休憩室に戻り、いつものお品書き用の和紙とペンを手に取った。ペンのインクが和紙にすっと滲む。

いつものように材料の産地などを一つずつ確認しながら書いて、最後になんと書き添えようかと考え――そこで考え込んでしまう。

何も書かずともよいのでは？　何故ならこれは静司と翔子との話し合いであり、他の人間の出る幕ではないのだから。

これは河東のお節介から始まったことだが、それでも彼らに任せるべき部分はやはり口出しすべきではないのだ。

すれ違った恋人たちがもう一度話し合うための食事なのだから。

散々悩んだ末に、雪緒は一言だけ添えた。

そして、保温保冷バッグを取りに立ち上がった。

❄

燃えたのは、客間の一部だけだった。

周辺の可燃物が燃えた程度で、壁の中の配線などは無事だったようだ。一応業者に見てもらったからと、すでに河東はいつも通りの生活に戻っている。

翔子はその話を聞いて、溜息を吐いた。

「話を聞いた時は本当にびっくりしたし、心配したよ」

昔二人でよくそうしていたように、翔子は静司と河東家のダイニングにいた。広い屋敷に似合いの広いキッチンが隣にある。明るい日差しの中、いつも通り、ダイニングテーブルにはみかんの入った籠が置かれている。

一通りの事情を聞いて、翔子はいくらか安心したようだった。

「それで、これは？」

そう言って、翔子はダイニングテーブルの上の袋を指差した。

先程玄関でチャイムが鳴って、静司が出たと思ったら、これを持って戻ってきたのだ。

「くま弁のお弁当だよ」

「それは見ればわかるけど……河東のおばさんが一人で食べるには多くないかと思って……」

「おばさんが用意してくれたんだ。僕らの分だよ」

「え？　じゃあ私たちここで食べるの？　おばさんは？」

「うちの母さんとご飯食べるって出かけていったけど……」

「えーっ、そうなの……」

どうして自分たちの分だけお弁当を用意してくれたのか、翔子は理由がわからず混乱している。

「……翔ちゃん、今はどんな気分？」

「え？」

翔子は顔を上げた。ほっそりとした顔や意思の強そうな眼差し(まなざし)は父親によく似ている。

彼女は少しの間考え込み、それから、口を開いた。

「私も心配かけて、ごめんね。今はもう……落ち着いたというか、大丈夫。でも、家は出ようかなと思ってる……これ以上親たちの罵り(のの)合いを見たくないし……」

「最近はそうでもないよ」

だよ」

「色々あったんだよ。協力しないといけない状況だったから、お互い少し見直したというか……まあ、すごく仲よさそうだったのは一瞬だったけど、とにかく、前よりはマシだよ」

「そうなんだ……それなら、いいけど……」

翔子は空腹を覚えていたので、袋から弁当を取り出した。発泡スチロールの容器は二つとも同じだ。翔子はとりあえず、一方の蓋(ふた)を取った。静司も残った方を取って、蓋を開けた。

二つの弁当には、揚げたてポテト、バンズ、トマト、レタス、オニオン、チーズ、それから薄く焼いたハンバーグが入っている。特製のトマトソースも小さな容器に詰めて添えられている。バンズを手に取ると、最初から二つに分かれていた。ハンバーガーを作れということらしい。翔子の口元は綻(ほころ)んだ。

「へえ！　自分で作るんだ。いいね、ハンバーグもまだ温かいし。こっちはピクルスで……あ、これがマスタードね」

小分け容器は幾つかあって、それぞれ中身を確認して、よし、と翔子は腕まくりをする。

「早速、作って食べてみよう」

そう言って、香りのよいパンの上にまずはマスタードとバターを塗る。

静司も同じようにハンバーガーを作りながら、ふと思い出したように呟いた。

「……なんか懐かしいな、こういうの。前にも作ったの覚えてる？　ほら……小学生とかだっけ？　中学生か？」

「あー、ハンバーガー作ったやつね！　美味しかったなあ。昼食代をお小遣いに回したかったんだよね」

「そうそう。あれ、何に使った？」

「あれ……なんだっけ……静司君は？」

「僕はたぶん漫画とかじゃないか？　いや、お菓子かも。そうそう、僕、帰ってきた親に夕食用の牛挽肉使ったって怒られたんだった」

「冷蔵庫開けたらお肉ないんだもんね。そりゃ困るよね」

「雨の中買いにいかされたよ」

翔子はそれを聞いておかしそうに笑う。静司は彼女を眩しく見つめている。

「できた？　じゃあ食べよう。いただきます」

翔子はそう言うなり大きな口を開けてハンバーガーに齧りついた。

口いっぱいにハンバーガーを頰張り、うん、と呻くように声を漏らす。

ごくりと飲み下して、驚いた顔で言った。

「美味しい！　お肉の味が濃いなあ、でも昔作った時はもっと硬かったけど、これはそうでもないよね。勿論、柔らかくはないし、火だってしっかり通ってるけど……」

「あれは焼きすぎだったんじゃないのかな。一部焦げてたはずだし」

「あ〜、特に最初は分厚く焼いちゃったもんね」

「そう」

翔子はくま弁のハンバーガーを気に入って、また一口頬張る。新鮮なトマトの酸味がハンバーグの無骨な食感によく合う。ピクルスのところも変化があっていいし、多めのタマネギもさっぱりとして、爽やかな甘みも感じる。そしてバンズ自体も小麦とバターの風味がしっかり強くて美味しい。どれもシンプルなものだが、それらが一つになると、どうしてこうも美味しいのだろう。

「前に食べたくま弁のハンバーグと違う。これは繋ぎが入ってない……っぽいかな？」

静司にそう言われて、翔子も頷く。

「そう！　私も食べたことあるけど、お弁当のってもっと柔らかくてジューシーで……単独で食べると、たぶんお弁当の方が美味しいんだよね。でも、バンズに挟んで野菜とかチーズとかと食べると、これはこれでありというか……むしろ、食べたかったのはこっちだったな〜って感じがする！　そういえば、あの時も繋ぎ入れなかったよね」

食べながら色々思い出していくのも楽しい。翔子が懐かしがって話すと、静司も頷いた。

「うん。そうだった。ハンバーグって、繋ぎを入れて作るから、確か僕は最初それはどうかな〜って反応したんだよね」

「でも買いに行くの面倒だったからね。今なら余ってるパンの耳とかでパン粉くらい作っただろうけど、あの頃はそんな発想もなかったし……」

「僕は『こうしないといけない』っていうのに拘る方だったから、繋ぎを入れなくていいのかって心配してたなあ。でも、まあ、そういう決めつけって、あんまりよくないよなあ……」

「頑固だから」

ふふ、と翔子は笑うが、静司は真面目な顔のままだった。

「僕は……親御さんと翔ちゃんが、僕のせいで喧嘩するのが嫌だったんだ。だって、親と不仲で幸せなんて言えるのかって思ってしまったから。いや……勿論、不仲でも幸せになれると思うよ。それぞれの幸せの形があるから。頭ではわかってるけど、でも、元々翔ちゃんは親御さんと仲良かったからさ……だから、親御さんとも仲良くできるのが、一番の幸せなんだって、ある意味決めつけていたんだ」

「静司君……」

静司の言葉は正しく、確かに翔子は親とは元々かなり仲が良かった。お隣の悪口や皮肉を言う親を見て、一番ショックを受けたのは翔子だ。愛する、尊敬していた親にそんなところがあるなんてと、思春期の頃は正直かなり反発もした。

飛び出したのも、親を止められないことに絶望したからであり――そして、自分はもう一生静司と結婚できないのではないかと思ってしまったからだ。

だが、それも決めつけだったのかもしれないと静司の話を聞いていて思う。結婚することも子どもを作ることも周りに決められるものでも強制されるものでもないが、翔子は子どもが欲しかったし、静司と結婚したかった。それはもしかしたら、結婚しないと家を出にくいという理由があったかもしれない。

だから、とりあえず家を出ようと決めたのだ。幸い、結婚資金のつもりで貯めてきたお金もあるので。

だが、こうして具体的に家を出る計画を立て始めても、やはり翔子の胸はどこかがらんとしていた。静司とは結婚できないかもしれないと思うと、その空洞に風が吹く。それで、やはり自分は彼と家庭を築きたかったのだと気付いた。

静司が自分を気遣ってくれていることは嬉しい。翔子を大事に思うからこそ、親同士のいざこざに決着をつけてからの結婚に拘っていることもわかった。

自分の中の空洞を見つめて、翔子は言った。

「私、あなたと結婚したいんだと思う。親にこの先ずっとネチネチ言われてもいいと思ってる。だから、親の心変わりを待つんじゃなくて、今、結婚したい」

ハッとして顔を上げると、静司はどこかすっきりしたような、思い切ったような顔で、急に手を摑まれた。

翔子を見つめていた。

「僕もだよ。たとえ親がずっと不仲でも、今以上に不仲になっても、僕は君と一緒に生きていきたいと思ってる」

突如として猛烈な風が吹いて、胸の空洞も何もかも、壊して去って行った。

翔子は数秒何を言われたか理解できなかったが、頭にその言葉が染みこむと、落ち着かない様子で手を引っ込めて静司の手から逃れ、ハンバーガーを持ったり、置いたりした。

それから、袋をがさがさ畳んだり、その袋に入っていたお品書きをいじったりした。

「うん、あの……うん……」

なんと言ったらいいのかわからない。

ふと、手にしたお品書きに、どうもお品書きではなさそうな言葉が添えてあることに気付いた。

見ると、産地や食べ方などが記されたお品書きの隅っこに、小さめの字で、『お幸せに』と書き添えてある。

お幸せに。

ぼっと翔子の顔が熱くなった。

とどめを刺された気分だった。

翔子は緊張して心配そうな静司を見つめ、突然胸に愛(いと)おしさが溢(あふ)れて、晴れやかな顔で微笑んだ。

「ユウさんと千春さんのプロポーズの言葉ってなんですか？」

唐突にそういう問いを投げかけると、ユウはすぐに頬から耳にかけてを赤くして、いやっ、と裏返った声を上げた。

「なんでしょうねっ」

「お、それ聞きた〜い」

やんやとはやし立てているのは大量のふきのとうを持ってきた常連の黒川(くろかわ)だ。ユウはぎろっと彼を睨(にら)み付けた。ユウがふきのとうとタラの芽の天ぷらが載った皿を取り落としそうになったので、黒川がさっと手を伸ばして受け取った。

「わあい、美味しそうだねえ！　う〜ん、春の匂いだ。ビール冷えてるかな〜っと」

天ぷらの皿をちゃぶ台に置いて、黒川はうきうきとミニキッチンの冷蔵庫に向かう。

河東家への配達を終えて戻ってくると、黒川がいて、天ぷらを食べますか、という問いにはいと答えて今に至る。雪緒も缶ビールをもらう。ビールは冷たいが、部屋は暖かだ。何故なら早春とはいえまだ寒く、暖房を入れているのだ。

「じゃあ、いただきます！」

黒川がまっさきにそう言って、箸(はし)をふきのとうに伸ばす。

ふきのとうも良いのだが、雪緒は今日は先に揚げたてのポテトに手を伸ばした。大きめに切られたじゃがいもは、ほこほことして美味しい。今頃二人の安藤さんたちはハンバーガーを作って食べているのかなと思いながら、雪緒はハンバーガーにも添えられたポテトを味わう。表面はかりっとして、中はほこほことというのは実はかなり難しいが、これは完璧だ。

「あれっ、もう始めてるの⁉」

　襖を開けて入ってきた千春がそう声を上げる。銀行に用事があって出かけていたのだ。その後ろから入ってきたのは、外で冬囲いを片付けてきた熊野で、早速ふきのとうの天ぷらを一つつまみ上げて食べている。

「ここ座らせてね。ほらユウさんも」

　千春は雪緒の隣に座を占めて、ポテトを摘まんでいる。ユウも千春の隣に座り、それぞれ飲み物を手に取って、軽く打ち鳴らした。

　今度は間違えずに配達できたのかなと考えながら、雪緒もビールを一口呷った。喉から食道へとビールが落ちていくのが心地好い。

　ふと、自分が思いを伝えるべき相手の顔が浮かぶ。いや、思いは伝えたのだが、何故かすれ違っているのだ。相変わらずどうしてすれ違ってしまったのか、雪緒にはちゃんと理解できていない。

　彼と二人きりでビールを飲んだことさえないと気付いて、少しショックを受ける。

今度、夕食に誘ってみようかと思った。ゆっくり食事をして話そうと。

あなたのことをもっと教えて欲しいし、私のことも知って欲しいと。

そうしたら、いつかもっとわかり合えるかもしれない。

「私も頑張ろう……」

雪緒の呟き(つぶや)きを耳にして、ん？　と千春が振り返った。照れてごまかす雪緒を見て、千春はふきのとう味噌(みそ)を載せたおにぎりを差し出してくれた。

•第四話• 名無しの弁当と私のお品書き

ぽたぽたと滴った液体が、駐車場のアスファルトに緑の染みを作る。

四月の陽光を照り返す艶のある小ぶりなボディーに、まん丸のライトと角張ったグリル。

愛嬌たっぷりの愛車を前に、雪緒は立ち尽くしている。

もう少し気温が上がれば、窓を開けて走るのも気持ちいいだろう。パワーウィンドウもついていないのでハンドルを手で回して開けるわけだが、思い返せば母は毎回そのことに文句を言っていた。何にだって文句をつけるので、雪緒はもう気にしなくなったが。

だが、アスファルトに落ちる液体の跡に、雪緒は嫌な予感を抱いていた。

たった今、ちょっと遠くのパン屋に行って、戻ってきたところだ。マンションの駐車場に停めて、車から降りて、ドアを閉め、ふと愛車が通った跡に、不自然な色の染みがあることに気付いたのだ。

かがみ込んで車体の下を覗き込む。

緑色の液体が、また一滴滴った。

クーラント……冷却水漏れだ。

原因が頭を駆け巡る。ウォーターポンプ……は最近換えたばかりだ。ホースか……キャップか……ラジエーター本体の交換となるとかなり痛い出費となる。

雪緒は不安な気持ちを抑えつつ、とにかくエンジンルームを開けてみた。

普段東京で暮らす茜は、地元のお菓子が恋しいと言って、雪緒に会いに来る時はいつも北海道のお菓子を携えている。札幌にいる雪緒は北海道のお菓子ならいつでも食べられるのだが、茜に付き合って食べる土産は美味しいし、故郷を恋しく思う茜の気持ちはわかるので、不満はない。

今日の手土産は千秋庵のノースマンだ。パイ生地で餡を包んだお菓子で、バターと小豆餡の組み合わせには和洋折衷の懐かしい美味しさがある。

茜はその切れ長の目を見開いて雪緒を見つめた。口にはまだノースマンが入っていて、それを飲み込んで口を開く。

「えっ……仕事受けるの？」

呆れたような声だ。雪緒は二個目のノースマンに手を伸ばそうか悩んで、結局コーヒーに砂糖を追加して我慢した。折角もらったので長く楽しみたい。

「まあ、ありがたい話だからね」

温度の下がったコーヒーでは砂糖はあまり溶けなかったが、そのまま飲んだ。

「そりゃそうだけど、でも、元から結構忙しそうだったのに」

「だから、とりあえず見積もりだけ出したところだよ。スケジュール的にうちで引き受けられそうになかったら他を紹介するし……」

年下の友人である茜は、大学が春休みで帰省してきた。と言っても大学のゼミやら劇団の練習やら演劇サークルの活動やらで忙しいようで、大学生の帰省としては随分短いが、三日で戻る予定だ。

その二日目の夕方に、わざわざ茜は雪緒に会いに来てくれた。

「でも、今回は引き受けないって言ってなかった？」

茜はちゃぶ台に肘(ひじ)をついて身を乗り出してきた。雪緒はちゃぶ台の上のコーヒーカップをずず、と自分の方に引き寄せた。

確かに、数日前、雪緒は茜に電話でそう言った。

くま弁のアプリを開発したのが雪緒だと知った商店主が、ユウ経由で仕事の打診をしてきたのだが、他にも仕事を抱えていた雪緒は、それを一度は断ったのだ。

「実はこの前ラジエーターが破損しちゃって……」

「ラジエーター？」

「車の……他にも色々と修理したり交換したりで……」

「ああ！　あの、小さい可愛い車ね……そういえば、駐車場になかったね」

「うん……」

どうにもならなそうだったので車をなんとか整備工場に運び込んだのが一昨日(おととい)の夕方で、ラジエーター交換その他諸々の見積もりが来たのが昨日。とりあえず修理を頼んだものの、それなりのまとまった出費となってしまった。今冬はスタッドレスタイヤも新調したし、車検費用や保険の支払いなどの出費も待っている。

　だいたい、クラシックカーの部類に入るローバーミニは、同じような大きさの新車と比べて維持費が高い。燃料はハイオクで、オイル交換などの定期的なメンテナンスは必須(ひっす)、サイズの割に排気量があるため軽ではなく、古い車だから自動車税も高め、何より製造終了から二十年以上が経ってあちこち修理が必要になってくる。会社勤めの頃はボーナスも出ていたからなんとかなったが、今は急な出費は貯金を取り崩すしかない。

　宅配の仕事は好きだが、祖父から譲り受けた愛車を維持するには足りない。アプリ開発の仕事で不足分を賄いたいところなのだ。

　くま弁のアプリ開発でユウたちから支払ってもらった分は函館行きの旅費にした以外は貯金しているため今は大丈夫だが、だからこそ、今のうちに仕事を入れておきたいのだ。愛車を手放すことだけは避けたいので。

「それに、私の仕事を見て、お願いしたいって言ってもらえるのなら、それはやっぱりありがたいことだから……」

「その気持ちはわかるけどね」

　茜が頬杖(ほおづえ)をつく。数年前までテレビに出ていた彼女は、メディアへの露出は絶えたものの、今も演劇を学び、また舞台にも立ち続けている。目尻(めじり)の吊(つ)り上がった大きな両眼が印象的で、どこか猫を思わせる。昔の映像などを見ると元から大人びた風貌(ふうぼう)をしていたが、今はむしろ年相応の若々しさが前に出て、親しみやすい雰囲気だ。

「でも、引き受けて、どうにかなるの？」

「納期次第だけど、デザインはまたタモツさんに声かけて……猪笹さんは……もう頼んでる仕事あるからなあ、今は無理だろうし……でも、くま弁で作ったみたいなやつって言われてるから、まあそんなに難しくは……」

「そういうのに限って、後から色々注文増えて、余計な手間がかかったりするもんでしょ。くま弁のアプリはくま弁に合わせて作ってるんだから、また一から作るつもりでやらないと。今回のは他のお店で、しかも弁当屋さんじゃないんだから！」

「それは……そうだね……」

専門外の茜だが、指摘はいちいちもっともだ。雪緒は反省しつつも、控え目に付け加えた。

「まあ、なんであれ納期と予算次第だから、ちょっと相談してみるよ」

途端に、茜は胡乱な目つきで見た。

「……あのさ、それ、あの人は知ってるの……ほら、彼氏……相談した？　彼もそういう仕事してるんじゃないの？」

ふられたと話したはずだが、彼氏と言われて、雪緒は一瞬ぎょっとした。

だが否定するほどのことでもないので、そのまま答える。

「あっ、あー。いや、彼のやってる仕事とはまた違うんだよね……」

コーヒーの残りを流し込むように呷った。溶け残った砂糖のざらつく感触が舌に残る。

「ふーん……」

ふと、茜が掛時計に眼を留めて、そちらを指差した。

「仕事、大丈夫？」

「えっ」

雪緒は慌てて時計を確認し、コーヒーカップもそのままに立ち上がった。

「ごめんっ、私もう行かないといけないから……」

「鍵貸してくれるなら、カップ洗ってから行くよ。鍵はお店で返せばいい？」

「えーっ、いいの？　ありがとう……」

「ほら行って。こっちこそごちそうさま。また後で、くま弁でね」

茜に追い払われるようにして、雪緒はリュックを手に玄関から外にまろびでた。


五時間配達を続け、最後の配達先にニシンの塩焼き弁当を届け終えた雪緒は、着替えも終え、ユウたちに挨拶をして、勝手口から店を出た。熊野自慢の庭は冬囲いが外され葉もない木々は枯れたような風情ながらも、枝には赤い新芽やほころびつつあるコブシの蕾が見え、ほとんどの場所で雪が解けて黒々とした地面が出ている。雪緒は春の訪れを充分に感じた。

少し生ぬるい風を切って小走りで路地へ出ると、すぐに名前を呼ばれて振り返った。

粕井がくま弁の袋を手に歩いてくるところだった。

「お疲れ様です、雪緒さん。急にすみません」

粕井は今日連絡をくれて、仕事帰りにくま弁に行くから、一緒に帰ろうと誘ってくれたのだ。

それから駅へ向かって二人でゆっくりと歩くうち、粕井が口を開いた。

「今日来たのは、話したいことがあるからなんです」

さして重要そうでも深刻そうでもない、言葉を放り投げるような言い方だった。

「もう会わない方がいいのかなと思って」

言葉が軽すぎて、一瞬意味がわからなかった。

雪緒はいつの間にか立ち止まって、粕井を見つめていた。

え、という自分の声は、行き交う車の音にかき消されそうだった。

粕井は雪緒に数歩遅れて立ち止まり、振り返った。

「付き合おうって言ってくれたじゃないですか」

「はい……」

「やっぱり、無理じゃないかと思うんです」

「どうしてですか？　か、粕井さんは、私のことどう思っていらっしゃるんですか？」

「……雪緒さんって変な人ですよね」

いきなりそう言われて、また雪緒は驚いてしまう。粕井は通行人の邪魔にならないよう、見知らぬ店の閉まったシャッターの前に立った。

「自分を曲げなくて、人にぶつかっていって、面白いな～と思って見てたんですよ。全然関わる気はないまま」

「はあ……」

「面白いなと思ってるうちに、なんか目が離せないというか、放っておけない感じというか、大丈夫なのか？　みたいにはらはらしてきて……それと恋を間違えたんじゃないのかとか考えたんですけど、でもやっぱり、あなたが生き生きしてるのが好きなんです」

　それならどうして？　と雪緒が言おうとした時、粕井は困り顔で言った。

「でも、同情で付き合ってもらうのは、なんだかしんどいです」

「同情……じゃないですよ」

「雪緒さん、俺といる時と、店にいる時と、テンション同じですよ。相手が自分のことどう思ってるかくらい、態度見てたらわかりますよ。それでもいつか好きになってくれるんじゃないかって思ってたんですけど、でも……」

　雪緒は粕井に近づけなかったから、シャッター前ではなく歩道に突っ立っていた。通行人が邪魔そうに避けていく。春の夜の冷たくも生ぬるい空気が二人の間に漂っていた。

「あの時、本当に俺の事が好きだから付き合ってくれって言ったんですか？　それとも、俺を傷つけないため？」

　そう言われて雪緒は何も言えなかった。粕井はポケットに手を入れたまま、雪緒を真っ直ぐに見ている。

「雪緒さんは優しい人ですよ。つい人に手を差し伸べてしまう。でも、誰かに好かれたからって、求められたからって、雪緒さんが同じものを返すことはないんです。俺の気持ちに応えたいと思ってもらえたのは嬉しいけど、応えなくたっていいんです。雪緒さんは親切だけど、こんなことまで親切にしなくていいんです」

粕井の態度は特に声を荒らげるでもなく、感情的なところを見せるでもなく、飄々としたものだった。怒るどころか、少し斜に構えた態度ながら、微笑んでさえいた。

「今までも、そういうふうに人に合わせて好きだって言って誰かと付き合ってきたんですか？　別に悪いことじゃないですけど、俺はあなたにもっと自分を大事にして欲しい。だから、もう、会わない方がいいと思います」

粕井は軽く頭を下げた。

「今までありがとうございました。一方的ですみません」

雪緒は粕井を止める言葉を持たなかった。

粕井は雪緒を置いて一人で先に駅へ向かってしまった。

入浴後、雪緒は布団を押し入れから下ろしたところで力尽きた。顔を畳んだままの布団に埋めて蹲る。

――人に合わせて好きだって言って誰かと付き合ってきたんですか？

粕井の声が脳裏に蘇ってびくっとする。あまりにもきっぱりと言われて、反論もできない。

そうだったのかもしれないと思う。

今までだって、雪緒は自分から誰かを好きになったことがない。

たぶん、雪緒は怖いのだ。

誰かを好きになることは家庭を作ることに繋がる。雪緒は親との折り合いが悪かった。家庭が安息地にならなかった。これぱかりはどうしようもない。そういう家庭がまた生まれるのでは、そこに自分の居場所はないのでは、と思うと、自分から誰かに心を開けない。踏み込めない。

相手のために踏み込むことはできる。

でも、自分のためには踏み込めない。

特に、恋愛が絡むと、途端に足がもつれて、転びそうになる。

どんなふうに接していいのかわからなくなる。

だから、粕井と会った時も、店で客に会った時みたいに接してしまった。

その距離ならわかるから。その関係ならわかるから。

「うう～……」

雪緒は布団に顔を押しつけたままくぐもった呻きを漏らした。今日は涙で濡れた布団で寝なければならない。

傷ついているのは雪緒ではなくて粕井だ。

それでも嗚咽を堪えられないのは、自分に欠けているものを突きつけられたからであり、粕井を傷つけた事実に自分で傷ついているからだ。

千春とユゥのような関係に憧れたこともあったのに。

ああいうパートナーがいたら、もしそれが粕井だったら、と思ったことは事実なのに、それでも、確かに、雪緒の中には粕井の気持ちに応えなければという義務感のようなものがあった。

彼のためになることをしたいという親切心、彼を傷つけたくないという臆病さが、粕井を痛めつけたのだ。

自分の傲慢さを、傷つけたことを、謝りたいと思った。

だが、スマートフォンを取り出してアプリを起動したところで指は止まった。

あそこまで指摘させて、いったいなんと書けばいいのだろう……。

ふと指が粕井とのやりとりを遡る。最近の、素っ気ないメッセージ、それからもっと遡って、粕井が自分を好きだと知ってからの、ぎこちないやりとり。『この前のお店、美味しかったですね』というメッセージが目に入った。このメッセージを送った時、自分は彼を好きになろうとしていたのだろうか。好きではなかったのだろうか？　もうわからない。好きではなかったのかもしれない。粕井の言葉は正しいような気がする。

洟を啜る内に突然むずむずしてきて、雪緒はくしゃみをした。

それを潮に布団を敷いて中に潜り込んだ。

その日は電気を点けたまま寝た。

夜中に少し熱を出したが、朝には下がっていて、自分の精神的な苦痛はその程度だったのかと呆れたり、そんなふうに思う自分の情けなさに嫌気が差したり、単に身体の丈夫さに感謝したりした末、雪緒は布団から這い出た。

そんな日だって、仕事はある。

今日はそれがむしろありがたかった。

❄

店に行くと、自分のことにかまけて閉じこもっている暇はなかった。

いや、元々仕事中は忙しいのだが、その日は特にそうだった。

最近、あまり一緒にまかないを食べないなとは思っていた。疑問を口にすると、もう食べてしまったから、と笑顔で言われた。何度か続き、ちょっと顔がほっそりしていないか、と思った頃、数日千春は店を休んだ。

そして、ユウの口から、入院という言葉が飛び出した。

「えっ……」

ユウはまだ電話中だったが、思わず雪緒の喉から声が漏れた。

雪緒はまかないを食べてから、夜の配達の準備に入る。ユウのスマートフォンが鳴ったのはまかないを食べ終えた頃で、雪緒は食器を重ねて熊野とミニキッチンで洗おうとしていた。

熊野も心配そうな様子でユウを覗っている。

ユウは電話を切ると、熊野と雪緒に動揺した顔を向けた。

「千春さん、このまま入院するって……」

それは聞こえていた。動揺したユウが、じゃあ今日はお店休業するよ、と言ったのを、千春が思いとどまらせたらしいのも聞こえてきた。

雪緒やユウよりは、熊野の方が落ち着いていて実際的だった。

「じゃあ、後で着替えとか色々持ってってやらないとな。何時までに行けば面会時間内なんだ？」

「あっ、夜は二十時までだそうです……」

「それなら抜けられるだろう。十九時までに出て……病院どこだ？」

ユウが口にした病院は、比較的近く、店からなら車で五、六分、歩いても二十分強の場所にある。

「それならタクシー使って家に戻って荷物まとめて……それでまたタクシーで行けばいいだろう。ユウ君が抜けたら後は俺がやっておくから、安心して行ってきなよ」

「あ、ありがとうございます」

「そろそろ外にお客さんが並ぶ頃だな。外は俺がやるから、ユウ君は厨房(ちゅうぼう)に入って、雪緒さんは配達の準備、いつも通りだよ！」

「はい！」

発破をかけられて、ユウも雪緒も弾(はじ)かれたように動き出す。ユウは厨房に駆け込み、雪緒は食器を片付け、自分の準備にかかった。道具の点検、それからお品書きの用意。厨房からはすでに出汁(だし)やしょうゆの匂いが漂っていたが、やがて揚げ物や焼き物の匂いも混じり、くま弁は一気に『お弁当屋さんの匂い』に包み込まれる。

ほっそりとした千春の顔が頭を過(よ)ぎって気もそぞろになったが、そのたびに意識して自分の仕事に集中しようと努めた。内科的な原因だろうか。食事を一緒にできなかったのは、食欲がなくなっていたのだろうか。それで体重も落ちていたのだろうか。自分にできることは何かなかっただろうか……考え始めるときりがない。雪緒はせめてミスだけはするまいと、一度立ち止まって深呼吸をした。

それから、勝手口から外に出て、配達用のバンの点検を始めた。

雪緒が何件目かの配達を終えて店に戻ると、もう十九時を五分過ぎていた。

今頃ユウはもう店を出て、熊野が後を継いでいるだろうかと考えながら、雪緒は休憩室に入った。

その時、ちゃぶ台の上に置かれた弁当が目に飛び込んできた。

すでに準備が整えられ、出来たてほかほからしい二折の弁当の蓋の上には、付箋が一枚貼り付けられている。アプリで依頼を受けた時は伝票が一緒に置かれているのだが、そういったものはない。ということは、電話で受け付けた配達用の弁当だろう。雪緒は付箋を手に取った。

普通、付箋には届け先の住所や名前、弁当の内容が書かれているのだが、その付箋には何もなかった。裏をひっくり返しても、何も書かれていない。雪緒は一瞬驚いたが、すぐにちょっとした混乱があっただけだろうと考えた。何しろユウは動揺していたし――

――雪緒は厨房に顔を出し、忙しそうにエビフライを揚げる熊野に声をかけた。

「熊野さん、こっちにあるお弁当、お届け先ありません。どこかにメモありますか？」

「ああ、それね。ちょっと待ってな、これもう詰めるところだから」

熊野は引退した今もたまに店を手伝うし、動きはキレがあって危なげない。頼りになるなあと思いながら、雪緒は休憩室に戻り、弁当の中身を確認してお品書きを書いた。今日は比較的空いているが、それでもこの時間は次々に客が来るから熊野は忙しそうだ。

雪緒がお品書きを書き終えた頃休憩室に入ってきた熊野は、つるっとした形良い頭を手拭いで拭った。

「うちの息子が顔出してくれたからね、今会計してもらってるよ。それで、届け先がないって？　ユウ君が出る前に作って置いてったんだよね、それ」

熊野はちゃぶ台の上に置かれた弁当を一瞥すると、蓋を取って中身を確認し、眼鏡をかけて持ってきたメモ帳を捲った。電話での注文があった時に使うA5サイズのメモ帳で、ここに注文内容を書き付ける。

「ええと……ん？」

熊野は眉を顰めた。

雪緒も覗き込んで見たが、今日の日付のところにそれらしい弁当は見当たらない。

「前に予約注文されてたものとかですかね？」

「いや、その場合もここに貼るんだよ、その日のお届けなら……」

「あ、じゃあアプリの方の記録確認します」

雪緒はすでに立ち上がっているパソコンで注文履歴をチェックする。

……やはり、それらしい注文がない。

「あれ……？」

「ん、待っててくれ、一応外の客に確認してくる」

熊野はそう言って厨房に戻るが、すぐにまた戻ってきた。

「いないねえ」

困惑した顔をしている。

だが、店には客が次々とくるわけで、今店で調理を担当できるのは熊野だけだ。雪緒は慌てて言った。

「え〜と、配達先は私がユウさんに電話して探しておきますので、熊野さんはお店に戻ってください」

「わかった、とりあえず頼むよ」

厨房から熊野を呼ぶ声が聞こえる。熊野は厨房に戻った。

とにかく、次の配達用の弁当ができるまでにこの届け先を調べなければ。

雪緒はスマートフォンを取り出してユウに電話した。

だが、繋がらない。

……病院での面会だから、電源を切っているのだ。

「あっ……」

ということはユウは無事に千春に会えたわけだが、雪緒としては肝を冷やした。

注文を受けて弁当を作ったユウと繋がらないのなら、この弁当の届け先は雪緒たちで突き止めなければならないわけだ。

「メモ……にない。アプリにない……店にいる人でもない……」

注文したものの店で待たずにコンビニなどで待つうちに弁当が出来上がり、まだ取りに来ていないだけ……ということも考えられる。その場合は向こうから取りに来るだろう。

だが、他の可能性は？

たとえば、どこかに落としたとか……。

「大丈夫ですか？　届け先がわからないって聞きましたけど……」

　そう言って、三十代くらいの男性が厨房から様子を見に来てくれた。熊野の義理の息子と紹介された、竜ヶ崎だ。時折熊野を訪ねてくるのだが、今日は熊野が呼んだらしく、十九時過ぎにエプロン持参でやってきてくれた。

「厨房にメモが落ちてるんじゃないかと捜しましたが、ありませんでした」

「えっ……そうですか」

　これは……まずい。

　雪緒は必死に考えた。他にどんな可能性があるだろうか？　たとえば……ユウがそもそもメモを残し忘れたとか？　しかし、住所も書かずにいたというのはどういうことだ？　普通に考えて、電話を受けて住所を聞きながらメモを取るはずだ……。

「あっ、そうか常連さんだったとか？　常連さんなら住所をメモしなくてもわかるから……」

　雪緒が思いついてそう言うと、竜ヶ崎も納得した様子だった。

「状況からして大上君はかなり慌てていた様子ですし、メモせず後で届け先を書こうとして書き忘れた……ということはあり得そうですね」

　その時、熊野が弁当を持って現れた。

「雪緒さん、次の配達分。アプリのやつだよ」

「あっ、はい、今行きます……」

雪緒が新たな弁当を受け取りつつも逡巡した様子であるのを見て、竜ヶ崎がすっと胸の高さに手を上げた。

「私が調べておきます。久万さんはお弁当の配達をお願いします」

「ありがとうございます！」

雪緒は礼を言い、手早く汁物用の紙製ホルダーを組み立てた。


雪緒が配達から戻ると、休憩室には竜ヶ崎と常連の黒川がいた。

黒川はいつもならもっと遅い時間に来ることが多いのだが、今日はオフの日らしく、黒いジャケットにジーンズというややラフな格好だった。

「黒川さん、どうされたんですか？」

「いや、普通にお弁当買いに来たんですけどね、なんかばたばたしてるから、どうしたのって訊いたら……」

「相談に乗ってくださってるんです」

後の説明を竜ヶ崎が継いだ。

それはありがとうございますと雪緒が礼を言うと、黒川は困り顔で頭を掻いた。

「いやあ、まだ役に立ってないんですけどね……。雪緒さんは常連の誰かだから住所を聞かなかったんじゃないかって考えたそうですけど、僕もその意見に賛成ですね。何度か配達を頼んでいて、名前も住所もすぐに出てきて、って人じゃないかなあ。住所録みたいなのあるんですよね？」

「はい。でも、さすがにそれだと数が多くて……」

竜ヶ崎にそう言われて、雪緒は今日すでにご注文のお客様は除外できますね」

「うん……そうですね。でもまだ数は絞りきれないです」

「それでは、一点気になったのですが、これはどういうことなのでしょうか？」

そう言って、竜ヶ崎は今度は雪緒が書いていた問題の弁当のお品書きを指し示す。

「はい……？　お品書きですね。ミックスフライ弁当が二つです」

竜ヶ崎は、メニューの一つを指差した。

「ここに煮豆とあります」

黒川は不思議そうに竜ヶ崎に尋ねた。

「それがどうしたんですか？」

「今日のミックスフライ弁当には煮豆は入っていません」

「ああ！　そういえばそうですね」

雪緒は気付いて膝を打った。きょとんとしている黒川に、今日のメニューをパソコンで示して説明する。

「これ今日のお弁当の写真ですけど、ミックスフライ弁当は、春菊のサラダと玉子焼き、お新香がついています。本来のミックスフライ弁当には、煮豆はありません。実は私、お品書きを書くときにお弁当を確認したんです。一つはメニュー通りなんですが、一つは春菊のサラダが煮豆になっていて……」

理解した竜ヶ崎が、珍しく、あっと大きな声を上げた。

「注文した人の要望で煮豆が入ったんですね！」

「そうです！　他のお弁当には煮豆も入っていて、煮豆自体はあるので……」

そう言いながら、雪緒は自分で書いたお品書きを読み返した。春菊サラダが苦手だったから、電話で替えて欲しいと頼んだのだろうか？　だからアプリではなく電話で依頼してきたのか？　アプリにも要望欄はあるが、そういうリクエストが可能かどうかは店の返答を待つことになるし、それなら電話をした方が早いと考えたのかもしれない。

雪緒はちらっと時計を見上げた。ちょうど、鳩が一度だけ顔を出して、また引っ込んだところだ。十九時半。

ユウが店を出たのが十九時頃、その時出来上がった弁当をまだ配達できていない。ミックスフライを揚げる時間を考えると、すでに注文してから四十分以上経っているだろう。このままだと客の方から電話がかかってきそうだが……。

「春菊サラダが苦手な常連さんかあ。春菊、美味しいけど癖があるからですかねえ……僕は思いつきませんね……」

「単純に、アレルギーだったのかもしれませんよ」

竜ヶ崎がそう言った時、熊野がまたひょいと休憩室に顔を出した。

「雪緒さん、次の宅配ね」

「あっ、はい！」

今日は件数自体は少ない方だが、それでも次から次へと宅配の依頼が入る。雪緒は四折の弁当が入った袋を受け取り、お品書きを準備して、保冷保温バッグに詰めた。

「じゃあ、熊野さんに訊いておいてください。それから、えっと、成分を見て……」

「大丈夫ですよ。材料を見て、アレルギー出そうなもの確認して、心当たりはないか熊野さんに訊いておきます」

黒川がそう言って雪緒を送り出してくれる。黒川が熊野から話を聞く間、竜ヶ崎が厨(ちゅう)房(ぼう)に入り、接客を代わるようだ。雪緒は急いで客のところへ向かった。

戻ってくると、今度は茜がいた。

雪緒は驚いて、えっと声を上げていた。

「今日、東京に戻ったかと……」

「まだ学校始まってないから一日延ばすくらいは大丈夫だし、もう少し札幌にいたくなったの」

茜はつんと澄ましてそう言うが、きっと千春のことを聞いて心配になったのだろう。

「チケット大丈夫？」

「元から買ってないのよ。当日空席待ちするつもりだったから」

そういえば茜の年齢的にはそうした方が航空券が安いのだった。

「それにしたって……」

「何よ、大丈夫って言ったでしょ。私はくま弁のお弁当をもう一食食べたいの！」

わがままなお姫様のような態度だが、胸を張って茜は言った。

「それより、話は聞いたから、何か私に手伝ってほしいことがあるなら言いなさいよ」

「えっ……もしかして、お店が心配で来てくれたの？」

「な……何よっ、ないの、手伝うこと！」

雪緒はちょっと感動してしまったのだが、黒川は茜ではなく雪緒に感心したような目を向けた。

「よくわかりますね、お店が心配で来たって……我が子ながら本当にひねくれてるから……」

「パパ!?」

茜は眦（まなじり）をつり上げて黒川を睨（にら）むが、すぐに雪緒の方を睨み付けてきた。雪緒はいつの間にかにこにこと笑顔になってしまっていたらしい。

「えっと……そうそう、材料見ました？」

雪緒の問いに、黒川が答える。

「見ましたよ、ええと、春菊、リンゴ、くるみですね。あとはドレッシングですけど、熊野さんに確認したところオリーブオイルベースの普通の、ってことです」

ということは、あとはワインビネガーやレモン、塩こしょうといったところだろうか。

「アレルゲン？　それならくるみかしら。ナッツは多いでしょ」

「うーん、そうですね。お客様のアレルギーはある程度把握しているので、調べてみましょう」

雪緒はそう言って、スリープ状態になっていたパソコンを操作し、顧客情報を出した。

「ナッツアレルギーは……あっ、いらっしゃいます！」

雪緒は早速電話をかけようと店の固定電話を手に取った。

——だが、しばらく話した後、雪緒は電話を切って、首を横に振った。

「違うそうです……」

そうこうしている間に、弁当はすっかり冷めている。

どこに届けるかわかったら作りなおさないとダメだろう。今日のミックスフライはマス、エビ、アスパラ。旬のマスは癖もなくふっくらと揚がり、エビは小さめながら特製タルタルソースとの相性も抜群で、出始めたばかりのアスパラは瑞々しく香り高い。やはり、せっかく注文を受けてから揚げているのだから、揚げたてを提供しなくてはいけない。

だが、いったい誰に提供すればいい？

届け先不明の弁当を前に、雪緒は半ば途方に暮れてしまった。しかも、どこに届けたらいいのかわからない弁当は、ある意味、人生の行き先にどうも自信を持てない雪緒自身にも似て見えてくる。おまえも心細いだろうに……と混乱のせいかよくわからないことまで考えてしまう。この弁当を届けてやりたいと改めて思う。

その時、廊下の方から音が聞こえてきた。

雪緒が振り返ると、ちょうど廊下に通じる襖を開けて、見覚えのある顔がまた入ってきたところだった。

近所のパティスリーで働く桂だ。

「どうも。差し入れ持ってきました。後で食べてください……どうかしたんですか？」

桂は雪緒たちの様子を見て、訝しく思ったのか尋ねてくれた。雪緒は弁当とお品書きを見せてこれまでのことを説明した。

「というわけで、アレルギーがあるか、嫌いなものが入っているから、わざわざ電話して他のものに替えられないか確認して注文されたんじゃないかなと思うんですよね……」

「あー、なるほど。それで、ナッツアレルギーを……」

「そう疑って、とりあえず顧客名簿にある情報から当たってみたけど、空振りで……」

「ただの好き嫌いかもしれませんし、難しいですよねえ」

桂は言葉通り難しそうな顔をしてお品書きを覗き込む。

「えっと、このサラダですよね」

「ええ、くるみとリンゴと春菊のサラダで……」

「ああ、そういえば……」

と桂は何か思い出した様子で話し始めた。

「最近、うちのお店に来たお客さんの話なんですけど、リンゴアレルギーってあるそうですよ」

「リンゴ……」

そういえば、アレルゲンの表示にリンゴが含まれていることもある。リンゴもアレルゲンになり得るのだ。

「そのお客さんは、生のリンゴがダメなんですけど。なんか、花粉のアレルギーと関係あるって言ってましたね。えっと、タンパク質がどうのって……」

「ああ、シラカバ花粉症ね」

と言ったのは黒川だ。雪緒は初耳だったので、えっと聞き返した。

「シラカバ？　スギじゃなく？」

「スギは北海道にほとんどないでしょ。それに、色んな植物の花粉がアレルゲンになるんだから。有名どころではブタクサとか」

「なるほど……でも、リンゴとシラカバ花粉ってどう関係するんですか？」

「タンパク質の形が似てる……のかな。なんか、リンゴ以外にも、サクランボとか、色々反応することとあるみたいだよ。食べると口とか喉がいがいがする感じなんだって」

「へえ……」

シラカバも春に花が咲き、ちょうどそろそろ飛び始める頃だと黒川は言った。

サラダに入っているリンゴは生だ。もしかすると、それで他の組み合わせはできないか、確認の電話を入れたのだろうか。

「うーん……でも、リンゴアレルギーの人、記録はないんですよね……」

雪緒がそう言った時、黙って話を聞いていた茜が、口を開いた。

「じゃあ、花粉症の人は？」

その考え方は頭になかった。雪緒は思わず指を鳴らした。

「そうか！　ちょうど花粉が飛ぶ季節だけど、北海道はスギ花粉があまり飛ばないし、ブタクサは確か夏以降が開花時期のはずだから、今花粉症の人を探せばいいんですね！」

「まあ、いま花粉症の人がみんなシラカバってわけじゃないかもしれないけど……」

桂が雪緒の勢いにやや気圧されながらもそう言って、我に返った様子で持ってきたクラフトボックスを差し出した。

「まあ、とにかくこれ、シュークリームなんで……榎木さんからも、よろしくってことでした。あの……タモツ先輩がお世話になってるので……」

「あ、いえいえ、こちらこそ」

雪緒はありがたく受け取った。タモツに振り回されてきた者として、桂は現在タモツと仕事上の付き合いがある雪緒に同情的に見えた。

じゃあこれで……と言って桂は帰って行く。

雪緒は固定電話に飛びついた。今度は確信がある。誰に電話をしたらいいかわかる。

数日前にもお届けをしたのだが、目が真っ赤で驚いて訊いたら、花粉症だと教えてくれた人がいたのだ。

「いつもありがとうございます。くま弁です」

　そして果たして、今度こそ、雪緒は答えに辿り着くことが出来た。

『ああ、くま弁さん？　ミックスフライ弁当できました？』

　雪緒は安堵の息を吐いた。

　それから、弁当のお届けが遅れていることを謝った。

　なかなか届かない弁当のことで連絡しなかったのは、どうも無理を言っておかずを替えてもらったせいもあるようだ。さすがに注文から一時間経ち、そろそろ一度確認の電話をしてみようか――と話していたところだったらしい。

「お騒がせしました！」

　熊野がミックスフライを新しく揚げてくれている間、雪緒は黒川らに頭を下げた。

「いやいや、元々暇だったからいいですよ」

「私もおなか減っちゃった。お弁当注文していい？」

　そう言いながら、茜は早速メニューを眺めている。

「アプリからはアレルギー除去の依頼はできないんですね」

　そう言ったのは竜ヶ崎だ。店も落ち着いて、そろそろユウが戻る時間でもあったので、エプロンを畳んで帰る準備をしている。

「はい……要望欄はありますけど、そこに書くよりは電話の方が確実だと思ったんじゃないでしょうか」

茜がメニューから目を上げて尋ねた。

「おかずを一つ一つ自分で選べるようにするのは？」

「それは……残っちゃうおかずの管理もあるので、ちょっと難しいかも……」

雪緒は自分が作ったアプリを考えた。初期の修正点の多さには振り回されたが、最近は安定して運用できている。それでも、まだ目の届かないところがあったのだ。

「でも、せめて、アレルゲンになりやすいものが入っている食品は、もっとわかりやすくしないといけないなあ」

今でも主な食材は書いてあるが、アレルゲンはもっと強調するとか、改良点はありそうだ。

「良い発見になりましたね」

黒川がメニューを茜から受け取りながらそう言う。

「勉強不足でした」

答える雪緒はお品書き用の和紙をちゃぶ台に置いて、ペンを手にしたまま、どう書いたらいいのか悩んでいた。

「別に雪緒さんのせいじゃないでしょう。今回のは、ユウ君がメモを残し忘れたせいなんですから」

「そうですが、そもそも、お客様への配慮が足りなかったなあと思います。アレルギーって命に関わる重要事項なのに……何か配慮が必要なら連絡してくださいとか、チャットとか……ううん、やっぱり人手を考えると直接電話をくださいというのが、早いのかもしれませんね。あ、なんでも選べると残るおかずの管理が大変なんですけど、たとえばメインが同じでも副菜が違うお弁当を用意するとか……いや、でもここまで来るとユウさんたちと相談しないとわからないですね、あまり種類たくさんになると大変でしょうし、おかずの味の組み合わせとかあるでしょうし……」

　雪緒がぶつぶつ言い始め、黒川と茜の親子は顔を見合わせて目で笑い合った。

　雪緒ははたと口を噤んだ。自分が考えたことをすべて口に出していたことに気付いたのだ。照れて黒川と茜を見やると、何故かにこにこと笑っている。

「な、なんですか」

「あ、ごめんね。なんか、ユウ君も千春さんも、雪緒さんに働いてもらってよかっただろうなって考えてたんです」

　黒川が、微笑みながらそう言う。雪緒は小首を傾げた。

「アプリのことですか？　私はまだまだだと思いますが……」

「アプリもですけど、ここで雪緒さんが働いていて、よかったって思ってるんじゃないかな。お店のこと、お客さんのこと、色々考えてくれて、きっと助かってると思いますよ。今日もお疲れ様。まだこれからあるんですか？」

「あ、はい……」

返事を聞いて、茜が膝でにじり寄ってきて、雪緒の背中を叩いた。

「じゃあ、この後も呆けて事故ったりしないで、頑張りなさいよ。雪緒さん、きっとこの仕事、向いてるんだから」

黒川と茜からかけられた言葉は、じわっと雪緒の中に染みこんで広がるようだった。優しくて、温かくて——突然、畳んだ布団の上に蹲っていた時に考えていたことを思い出し、雪緒は気付くとぽろぽろと涙を零していた。

「なんで泣くの⁉」

茜はびっくりして声を上げたが、黒川はそっとティッシュの箱を差し出してくれた。雪緒はそのティッシュに飛びついて目元を押さえて、また溢れる涙をそれで吸い取った。

「黒川さんも、茜ちゃんも、どうしてそんなに優しいんですか……」

震える涙声でそう言うと、二人とも目線を合わせて、黒川は苦笑を、茜はむすっとした不機嫌そうな顔をした。

「思ったことを言っただけですよ」

「そうよ！　優しいとかじゃないでしょ、こんなの。これで泣くとかあんたどれだけ——」

言いさして、茜ははっと言葉を切って雪緒を見つめた。

その顔に困惑が浮かび、それから呆れたような表情になった。

「そんなに弱っちゃって、何があったのよ。車のこと？　ちゃんと直って戻ってくるんだから大丈夫よ」

「はは……違うよ、車も心配だけど……」

「じゃあ、仕事……のこと？」

何しろ店の休憩室だったので、茜は訊きづらそうだった。

「ううん……仕事のことでもないよ。あ、いや、仕事のこともあるかも。車のことも、私は……なんでも中途半端で、嫌になってたから……」

「はあ？　なんでそんな思い詰めてるの。雪緒さんはそれ以上頑張らない方がいいんじゃない？　そのうちぶっ倒れるんだから……」

「もうちょっと素直に心配だって言えば……？」

茜は黒川を睨み付けた。

「あたしはちゃんと心配してあげてるでしょ」

「茜ちゃんはちゃんと心配してくれてるよ」

ありがとう、と雪緒はまだか細い声で絞り出すように言った。

茜の頬が赤くなる。大きな吊り目気味の両眼が、雪緒を睨み付ける。黒川は微笑ましそうに笑って、それでも少し心配そうな様子にも見える。

優しい人たちだが、決して本心ではない褒め言葉なんて口にしない。

雪緒は彼らが好きだった。

彼らの好きなところなら幾つも言えるし、不器用な雪緒が心を開いて接することができる相手だ。

雪緒は彼らと接していると温かい気持ちになれるし、顔を見られれば嬉しい。

「うう……」

雪緒はまた泣きだしてしまう。

ちゃんと自分は彼らが好きだと確信できて、無性に嬉しかった。茜が戸惑った顔ながらも、雪緒の背中をそっと擦ってくれた。きっとわけがわからないだろう。雪緒が何故泣いたかわからないだろうが、それでも茜も黒川も優しかった。

一頻り泣くと、雪緒はティッシュで顔を拭いて洟をかみ、あちこち腫れぼったくなった顔を二人に向けた。

「ありがとうございます……」

「もうっ、わけわかんないんだから。一人で勝手に泣いて、勝手に泣き止んで。今日もう早退させてもらったら？」

「ううん、大丈夫。あのね……私はまだまだだなあって思ってるんだ。褒めてもらえたけど……でも、今回だって、私の勉強不足だったんだ」

「またそんなこと言って……」

「本当のことだよ。力不足なの、どうにかしたいんだ……」

「それなら日々勉強かな～」

黒川がおっとりとそう言った。雪緒が見ると、彼は朗らかに笑っていた。

「やっぱり、毎日の仕事の中とかで学んだり、あるいは経験したりってことをずっと続けていくのが大事だと思いますよ。雪緒さんは、できてるんじゃないですか？」

「……でも、実際に足りていないんです……」

気配りが足りなかった。それに、今良い修正方法を思いつかないのも、自分の経験不足を意識させられる。

雪緒は、人と店とを繋げるようなアプリを作りたかった。

それなのに、そのアプリでは人と店とはコミュニケーションが取れなくて、電話をすることになってしまった。本末転倒だ。

雪緒がやりたいのは、もっと――。

「お客様と……お店を繋ぐ……」

はっと雪緒は息を呑んだ。目の前が開けた気がした。突然答えへの道が見えた。

勉強するしかないのだ。経験を積むしかないのだ。

雪緒にはあらゆるものが足りていないのだから。

「……雪緒さん？」

茜に名を呼ばれ、雪緒は我に返って茜を見た。心配そうな彼女に、大丈夫だと伝えたくて微笑みを返した。

「ありがとう」

万感の思いを込めてそう答えた。

お品書きには、率直な言葉で、お詫びを書いた。

それから、ありがとうございます、と。丁寧に、一文字一文字。

その時、熊野が慌ただしく休憩室に飛び込んで来た。

「はい、お待たせ！　ミックスフライ弁当二つね、一つは煮豆」

「了解です。行ってきます！」

雪緒は弁当を受け取ると、廊下を小走りに抜けて、勝手口から駐車場に出た。

冷たいが、あの凍てつく厳しさを持たない空気が、さらりと肌を撫でていく。

雪緒自身は空を見上げる暇もなく、運転席に飛び乗った。

通りに出る時、タクシーとすれ違った。

あっと思った時にはすれ違っていたが、その後部座席に乗っていたのはユウのようだ。

彼も駐車場から出るバンに気付いて、あっという顔をしていた。顔が見えたのは一瞬だったが、そこまで酷く憔悴した様子には見えなかった。

だから、きっと千春も無事だろう。

雪緒は不安を胸の奥に押し込め、ハンドルを切った。

千春は十日間ほど入院した。

入院前から体調が悪かったらしく、退院後もしばらく店は休むとのことだったが、五月も中旬に入った頃、以前と変わらない明るい笑顔で店に顔を出してくれた。

「もう大丈夫だよ！　心配かけてごめんね」

そう言って、一緒にまかないを食べて、短時間だが店に立っていた。ユウは心配そうでずっと気を揉んでいたが、そのうち徐々に千春が店に立つ時間も増えて、外見上はいつも通りの千春に戻ったように見えた。

「胃腸炎をこじらせたって聞きましたけど……あまり無理しないでくださいね」

思わず、雪緒はそう言った。賄いの天ぷらうどんを啜っていた千春は、顔を上げて、照れたように笑った。

「気を付けるね。ありがとう。ねえ、そういえばさ、アプリ改良してくれたよね、結構大規模に……ありがとう、見やすくなったって言われたよ」

「あ、いえ……最初から出来ればいいんですけど、試行錯誤で……」

そう言って、雪緒はふと言葉を切り、言わなければと思っていたことを、一つ口にした。

「あの、先月ご紹介いただいた勝木さんですけど、お見積もりして、うちでやってもらえないかと言われたんですが、お断りしました」

「ああ、そうなんだ」

特に落胆するでもなくあっさりとユウはそう言った。彼はもう食べ終えて水を飲んでいる。

「雪緒さんにとにかく一度確認しないといけないと思ってただけだから、別にこっちのことは気にしなくていいんだよ」

「はい。ありがとうございます」

「やっぱり、うちの仕事色々やってもらってるから忙しいよね」

千春が申し訳なさそうな顔をしたので、雪緒はぶんぶんと首を振った。

「いえ、その分のお代はいただいていますから……今回は、残念ながら納期が難しそうだったので」

雪緒は、千春たちに言わなければならないことがあった。途方に暮れていた雪緒に、やりたいことが、できそうなことがやっと見つかったのだ。

だが、こうして千春たちの顔を見ると言葉が喉(のど)で詰まってしまう。

千春は元気そうに振る舞っていても、やはりまだ病み上がりではないかと不安になるし、何より、彼らは恩人だった。雪緒にくま弁での仕事を与えてくれた人たちだ。言えない。

「あっ、もうこんな時間だ」

千春が壁の鳩時計を見て立ち上がった。

そう、もう開店準備をしなければならない時間だ。

雪緒はその日、結局大事なことを言い出せないまま帰った。

家に帰ってきた雪緒は、床に座り込んで肺から息を押し出した。

言えなかった……とまたしても自分の小ささに押し潰されそうになる。

くま弁を辞めますと言わなければならないのに。

雪緒は自分にはまだまだ足りないものがあるのだと気付いたのだ。経験、知識、人脈。それは、やはり今のままでは手に入れにくい。愛車の維持費の問題もある。エンジニアとしての再就職は、色々な問題を考えた結果、出した答えだ。

そうして、いつか、独立したい。

ユウと千春とお客さんたちのためにアプリを作ったように、また、誰かのために、人と人を繋ぐものを作りたい。それは、雪緒の胸にここ最近ずっとあった夢でもあった。そのぼんやりとした夢を、はっきりとした形にするためにはどうしたらいいのか、正直雪緒自身もよくわかっていなかった。このままアプリ開発の仕事を続けていったらいいのかとも思ったが、そうではないと気付いた。

もっと力をつけたい。

「それなのにこれだもんなあ」

情けない、と呟いてしまってから、ぶんぶんと頭を振る。黒川と茜にあれだけ言ってもらえたのだ、もう卑下はすまい。

だが、もう一歩、踏み出せない。

たぶん雪緒は、くま弁という心地よい場所を失うことを恐れているのだ。

ユウや千春や熊野と働き、馴染みのお客さんがいて、仕事にもやりがいを感じている。

それをあえて捨てようというのだ。

転職だってうまくいくかわからない。経験を積みたいと思ってもろくに何も教えてもらえない職場かもしれないし、人間関係のストレスが酷いかもしれないし、そもそも雪緒の目指すところと一致する会社に再就職できるかなんてわからない。雪緒にはブランクだってある。

そういうことを考えだすと踏み出せないのだ。

雪緒は立ち上がると風呂に入った。

出てきてもう寝るだけになってから、布団にくるまりながらスマートフォンをいじる。

自然と指はメッセージのやりとりを遡っていた。

粕井との——いや。

owl とのやりとりまで遡っていた。

この前は怖くてここまでは遡れなかった。これより最近の、自分が粕井と交わしたぎこちない会話を見て、それだけで辛くなってしまった。お互いに歩み寄ろうとして、結局うまくいかなかったのに、それにすがりついてどうするのか——。

それでも無性に気を引かれて、owl とまーさんとして知り合い、普通に言葉を交わしていた頃のメッセージを読んだ。

「整備関係の本はどんなの買ってますか？」「古いのが多いんですよね。祖父の本棚から持ってきたので。何か良いのありますか？」「それなら……」

これは知り合ったばかりの頃。owl の身内が昔ミニのオーナーで色々教わっていたとかで、日常の整備や勉強などについて相談に乗ってもらっていた。

「滑りました」「大丈夫ですか？」「雪が降って」「そっちも？　気を付けてください」

これは……そう、初雪がいきなり結構積もって大変なことになった時だ。このころはまだお互いに相手が粕井と雪緒だと知らなかった。

「新しくお迎えしたミニカーの自慢をさせてください！」「どうぞ」

読み返して、思わず笑ってしまった。粕井は趣味のコレクションを、写真付きで色々説明してくれている。

続けて何度もやりとりすることもあるし、しばらく連絡が途絶えることもある。お互いに気ままにメッセージを送り合っている。こうして読み返すと、当時の気持ちが蘇（よみがえ）ってくる。

「まーさんは大事に乗っていたから、きっとまーさんの車を買った人も、大事にしてくれますよ。でも、まーさんのことを大事にできるのはまーさんだけだから、大事にしてくださいね」

これは、もし車を手放すとしたら……という仮定の話になった時の返信だ。雪緒は実のところこの頃かなり凹んでいた。何故かというと、気付かなかった愛車の錆やら何やらの問題がどっと出てきて、自分がきちんと見てなかったから……という罪悪感に押し潰されそうになっていたのだ。それで、自分よりもっとちゃんと世話をできるオーナーの方が車に良いんじゃないだろうかと思ってしまったのだ。

粕井の——owlの返信を読み返して、その優しさに雪緒は驚いていた。雪緒の弱気を否定せず、手放してもいいんだ、と明示した上で、こんな仮定の話を持ち出す雪緒を気遣っている。きっと彼は、雪緒が普段と違うと気付いていたのだ。自棄になっているとか、落ち込んでいるとか……何かあったのだろうと察して、気遣ってくれている。

だが、その次に並ぶメッセージに、雪緒はまた笑った。

「ちなみに僕は親切にしていざというときに利用するつもりなんですよ」

粕井の顔と口調で思い浮かべられる。こういう、偽悪的というか、自分をことさら狡猾に見せかけるような態度は、いかにも粕井らしいのだ。

だが、やはりその言葉には真心も感じ取れる。

偽悪的なのは、押しつけにならないような彼なりの配慮なのだろう。

大事にできるのは自分だけと言いながら、彼の言葉は明らかに優しくて、ほどよい距離で見守ってくれているような心地よさがある。

「自分で自分を大事にした方が心健やかに暮らせますよ」

車の話ばかりしていると思ったが、見返すと季節の話などもしている。

「ほら、ほら！」

そういう文言に続けて、写真が送られてきたこともあった。写真にはトイカーとサクラの花弁が写っていた。小さなトイカーは大きなサクラの花弁とともに窓辺に置かれている。春の日差しが柔らかく注ぎ、彼の会心の一枚だとわかる。ちなみに雪緒が素直に褒めたところ、「被写体が良かったんですよ」というコレクション自慢が始まった。

それから、雪緒が何度も連続してメッセージを送ってしまっている日があった。

雪緒が熱を出して寝込んでいた時で、心細さで頻繁にメッセージを送ってしまったのだ。粕井は丁寧に後から全部返信してくれている。突然メッセージが多くなった理由も訊かずに。この時の雪緒は、熱と頭痛に苦しみながらもメッセージを読むうちに、眠ってしまった。

いつの間にか、彼からのメッセージが届くのが嬉しくて待ち遠しくなった。

owl は雪緒をただの同好の友達くらいに思っていて、なんの下心も目的もなく、ただ会話を楽しむためにメッセージを送ってくれていた。

その中で、雪緒の心に寄り添ってくれていた。

ぼろぼろと涙が零れてまた視界が滲み、文字が読みづらくなった。

泣いているのは、以前のように自分を哀れんだからではない。罪悪感からではない。

随分前の owl の言葉が雪緒を勇気づけてくれる。支えてくれる。

やっと確信を持てた。

雪緒は、owlを好きだったのだ。

同情や義務感からではない。だって、彼が自分を好きだとわかる前から、彼が客の粕井だとわかる前から、雪緒はowlが好きだったのだから。

雪緒が縋るように彼とのやりとりを遡ったのは、彼の言葉に励まして欲しかったからだ。彼とのやりとりの中で、いつの間にか、たくさん元気をもらっていたのだろう。

雪緒は、顔もわからないowlを、好きになっていたのだ。

「まーさんなら、きっと大丈夫ですよ」

ある日のowlはそう書いてくれている。雪緒は念じるように呟いた。

「大丈夫……大丈夫」

右手でスマートフォンを握り締め、左手で膝を抱えるようにして、しばらくそこで、じっとしていた。

❄

前の会社を辞めたのは、自分に絶望したからだ。再就職に踏み切れなかったのは、結局自分に自信が持てなくて、また誰かを助けられないのが怖かったからだ。

今の雪緒にも確かに足りないところはあるが、足踏みをするのはもうやめようと思う。くま弁での一つ一つの積み重ねの末に、やっと自分のやりたいことの形が見えてきた。

それでも千春たちの反応が心配で、雪緒は緊張していた。

千春もユウも、びっくりした様子だった。

だが、まかないの後に雪緒からくま弁の仕事を辞めようと思っていると言われた二人は、自然と微笑んだ。

千春は興味深そうに尋ねてきた。

「そうなんだ。やりたいことが見つかった？」

「はい……あの、でもまだこれから就職活動で」

「前の仕事みたいな感じ？」

「似た感じですが、少し違うのを……あの、くま弁でアプリ開発のお仕事をいただいて、すごく勉強にもなって……刺激にもなって。続けたいんですが、今の私だと、やはり色々不足しているなと思ったので」

「そっかあ、そっちかあ……」

声の調子が、少し寂しそうだ。迷惑をかけたくない、という思いがまた顔を出し、雪緒は補足した。

「お仕事、引き継ぎしてから転職するつもりです……それに、アプリの管理は引き続き私にやらせてください」

「ええっ、いいの？　忙しくなるんじゃない？」

「はあ……でも、時間は作れると思いますから。自分で開発したので、自分で見たいというか……」

　ユウは心配そうな顔で言った。

「それならうちはお任せするけど、大変だったら言ってね」

「はい」

「ね、雪緒さんは、どんな仕事がしたいの？」

　千春はそう尋ねるが、職種とか業界とかのことではないだろう。もっと雪緒自身の内面に根ざした答えを彼女は訊いているのだ。

　雪緒は少し考えて答えた。

「人と人を繋ぐ仕事がしたいです。くま弁のお弁当を届けてきたみたいに、思いとか、情報とか、商品とか、色んなものを届けるお手伝いをしたいんです。アプリ開発やシステム構築でそういうことができるんじゃないかって思っています……今は、そのためにもっと勉強したいです。得意分野を作って、人との信頼関係を築いて人脈を作って、お金を貯めて、知識も技術も蓄えて、独立したいんです……口で言うのは簡単ですが」

　やっとそう口に出来て、少しホッとする。

　思えば、最初に雪緒にその示唆を与えてくれたのは、店の常連で、雪緒の友人で、弟の恋人の若菜だった。それなら自分で会社を立ち上げれば、と彼女は言ったのだ。

　その提案は魅力的だったが、同時にかなり無理があった。そもそも雪緒は仕事を取ってこられる伝手もない。経験も知識も不足している。

だから、転職という選択肢を取ったのだ。

「そっか、いやいや、雪緒さんらしいよ。凄く良いと思う。雪緒さんは、工夫して、自分で色々作るのが好きなんだろうなって思ってたから、なんか納得してる。届けるのと、作るのと、両方できる仕事を見つけたんだね」

そう言いながら、千春は微笑み、しかし、何かを堪えるように目を閉じた。

「いやあ……でも、寂しいな」

「千春さん……」

「そうだね、寂しくなるよ」

ユウも穏やかな表情だったが、やはりどこか悲しげだった。

「でも、またお店には来てね」

「はい！　アプリの管理も引き続きしますから、仕事でも、お客としても、これからも会いに来ますよ」

「うん……まずは、転職活動、頑張ってね」

千春が目元を拭ってそう言った。

そう、まずは転職活動だ。

雪緒は何度も新規メッセージを作りかけ、消して、また新しく文字を打ち込み、それからまたしてもすべてを消した。

布団の上であぐらを掻いて考える。

雪緒は粕井に伝えようと思ったことがある。

転職すること、謝罪、勇気をもらったこと、それから自分の気持ち。

話題が多くて文章はまったくまとまらない。こうなると電話の方が早いのかもしれないが、雪緒はあえて文章で送りたかった。

なぜなら、自分たちはずっとそうしてきたのだから。

雪緒は owl を好きになった。SNSで知り合った owl と、粕井自身は少し違うかもしれないが、owl とまーさんの延長線に粕井と雪緒もいると思うのだ。

だから、雪緒はこうしてメッセージを作っては消し、消しては作っている。

送信しようと思えるものが作れるかはわからない。作れても、実際に送信できるかはわからない。

それでも、数日かけて文章をこねくり回し、そぎ落とし、並べ替え、またそぎ落とすうちに、自分が本当に彼に伝えようとしていたものが見えてくる。

だが、送信ボタンを押すかは悩んでしまう。躊躇していたその時、突然画面に通知がぽんと現れた。

「こんにちは」

owl のアカウントからだった。

雪緒は息を止めてメッセージを見つめた。こんにちは……それから？

だが、いつまで経っても追加のメッセージは来ない。

送信ミス……だったのかもしれないと思いながら、雪緒は宙ぶらりんになった未送信メッセージを一旦すべて取り除いて、新たなメッセージを書いた。

「こんばんは」

返信はすぐに来た。

「こんばんはですね」

「こんにちはでもいいですよ」

「お店を辞めると聞きました」

えっと雪緒は声が出た。雪緒が千春たちに転職の相談をしてから半月ほど経っている。

「もう知ってるんですか？」

「バイトを募集しているので、店長さんに訊いたんです」

そういえば、そうだった。雪緒の転職活動と並行で、ユウたちも新しいバイトを探し始めている。店の入り口付近にチラシを貼ってあるはずだ。粕井はそれを見たのだろう。

「もし、雪緒さんが店を辞めるのが俺のせいなら、俺はもう店に行かないので安心して欲しいと思いました」

ああ、なるほど……タイミング的に雪緒が粕井に手ひどくふられて仕事を辞めると見られたのだろう。雪緒は苦笑した。

「そんな辞め方しませんよ」

するとしばらく後に、返信が来た。立て続けに三つ。

「すみません」「そうですよね」「うぬぼれてるみたいでお恥ずかしいです。不快に思われたらすみません」

ほとんど間を置かずに届くメッセージは早口でまくし立てているみたいにも見える。

「不快というわけではないんですけど、そういう理由で辞めそうに見えたんだなあと思って驚きました」

送信してから意地が悪かっただろうかとも思う。まあ、少しむっとしたのは確かなのでしょうがない。

だが粕井はきっと雪緒にメッセージを送るかどうか、かなり迷ったのだろうと思う。最初に来たメッセージが「こんにちは」だったのは、きっと昼から送信しようか迷っていたからで、おそらくは間違って送信してしまい、その後が続かなくなったのではないだろうか。

「すみません」

また謝られてしまった。本当は謝りたかったのは雪緒の方なのに。

「私からもお話ししたいことがあるんですけどいいですか？」

「はい」

前に書いていたことを思い返しながらも、特にそれをなぞるでもなく、思ったままの文章を打ち込んでいく。

「私が仕事を辞めることにしたのは、確かにある意味で owl さんのおかげなんです」

きっと粕井はひやっとしたことだろう。雪緒はできるだけ早く次のメッセージを打った。

「owl さんのおかげで決断できたんです。昔、owl さんが私に送ってくれた、大丈夫ってメッセージを見て、背中を押されたみたいに感じたんです」

「それ、いつの話ですか？」

「かなり前です。owl さんが粕井さんとわかる前です。あの頃から、私は owl さんが好きだったんです」

またしばらく反応は来なかった。戸惑っているのかもしれない。

「これは同情とかではないです。owl さんとのメッセージを読み返したらわかったんです。粕井さんは、私のこと、今までも人に合わせて好きだって言ってきたのかって言ってましたけど、そうだったのかもしれないけど、私は owl さんのことは好きになれたんです。あなたからのメッセージが待ち遠しかった。それが、あなたが粕井さんで、店のお客さんだってわかったら、どうしたらいいかわからなくなってしまったんです」

「SNSで知り合ったけど、実際に会ったらイメージと違ってがっかりしたっていうのはよくあることでしょうし、owl は好きでも、俺のことは好きになれなかったのでは？」

「owl さんは優しいですが、粕井さんの中にも owl さんはいますよ。やっぱり同じ人だなと私は思いますよ」

「そんなのわかりませんよ。SNSで見せかける姿と、実際の姿が違うのはよくあることです。性別だって年齢だって偽れるんですから」

「偽ってましたか？」

また返信が来ない。

雪緒は布団の中に潜り込んで、メッセージの返信を待った。しばらくして、ぽんと通知が来た。

「特に意識しては偽ってませんが、実際の俺は owl とは違ったんじゃないですか？SNSで知り合えなかったら、俺のことなんとも思わなかったのでは？」

「そうですね」

「そうですね？」

「SNSで出会っていなかったら、粕井さんのことはなんとも思ってなかったと思いますよ。SNSは生身じゃないからよかったんです。ただ言葉だけだったから。こんなふうに」

そう、こんなふうに。

雪緒はざっと今日のメッセージのやりとりを初めに遡って眺めた。二十三時の「こんにちは」から。

電話より、会って話すより、その方が自分たちに相応しい気がした。この対話がどこに着地するにしろ、こうやって始まったのだから、こうやって重ねていくことでしか納得は得られない気がした。

「私たち、もっと話しませんか？」

雪緒は、やっと、その日彼に伝えたいと思っていた言葉を送信できた。

「owl さんのメッセージをお品書きのお手本みたいだって思ってたんです。私の心に寄り添ってくれたから。だから、またここから一緒にやり直してくれませんか？」

雪緒はメッセージを送信すると、スマートフォンを枕元に置いて一度横になった。天井から観葉植物が垂れ下がっているのが見える。美しい緑の玉が連なって伸びる。彼の返信が何十秒後か、何分か後に届いた時、雪緒はまだしばらくその緑色を見上げてから、ようやく腕を伸ばしてスマートフォンを手に取った。

「雪緒さんの語る owl と実際の俺が同一人物だと思えないんです。俺、本当にそんな人間でしょうか？」

「owl さんは確かに凄いですけど、粕井さんはもうちょっと親しみやすい感じです」

粕井の少しむくれたような顔が思い浮かぶ。自分ではポーカーフェイスを装っているつもりのようだったが、彼は顔に出やすいところもある。

「粕井さんは、顔に出ますし、照れると目を逸らしますね」

粕井からの返信はない。

雪緒はこれを今日最後のメッセージにするつもりで打ち込んだ。

「owl さんがまーさんにしてくれたみたいに、私も粕井さんに寄り添いたいんです」

翌朝になって雪緒がスマートフォンを確認すると、雪緒の最後のメッセージから二時間後に、返信が届いていた。

「会うと素直になれなかったのは俺も同じです。格好付けたがって伝えられなかった」

そういえば、粕井からきちんと言われてはいなかった。初めて二人でデートのようなことをした時、告白めいたことを言われた雪緒は戸惑い、そんな雪緒を粕井は気遣い、もう少し親しく話したいと思っただけで、そんなつもりはない、というようなことを言ってごまかしていた。

「あなたが好きです」

自分宛てのメッセージを繰り返し読む。それが確かに粕井のアカウントから送られていることを確認してから、雪緒は目を閉じた。

恐る恐る目をもう一度開けても、文字列は消えていなかった。

本当のことなのだ。

本当に、彼は雪緒を好きなのだ。

形容しがたい熱さのようなものが雪緒の全身を巡る。

遮光カーテンの隙間から、空の輝きが漏れ入っていた。

マッチングはなかなかうまくいかなかった。

何しろ札幌にもアプリ開発をしている会社はあるとはいえ、その中から中途入社を募集していて雪緒の経歴と向こうの求めるものとが一致するところというのは、かなり難易度が高い。

やはり道外に就職先を探さなければいけないだろうか……と雪緒が悩んでいた頃、突然事態は動いた。

意外な人が、意外な話を持ってきてくれたのだ。

「それなら俺の知り合いが、会社立ち上げたばっかりで人材探してるぜ！」

親指で自身を指差し、口調をそっくり真似て、桂は言った。

だが、言った直後に、いつもの低いテンションに戻って、呆れ顔で続けた。

「……なんて言ってましたよ。まあ、ああいう人なんで話半分に聞いておいた方がいいとは思いますけど……」

「えっ、いや、それは是非、紹介してほしいです……！　書類、書類用意しますねっ！」

雪緒は勢い込んでそう言った。

桂はパティスリー・ミツの閉店後にくま弁へやってきて、雪緒に知らせてくれたのだ。

だが、まだ雪緒の方は仕事中だったので、すぐに我に返って次の弁当を配達用のバッグに詰め込む。

「すみませんっ、この話はまた今度……でも、あの、是非お願いしたいです！」

「わかりました。でも、あんまり期待しないでくださいね……タモツ先輩は、凄いときは凄いですけど、そうじゃない時は落差が酷いんで……」

「いえいえっ、大丈夫です！　当たって砕けろの精神でやってますんで！」

そう言って、雪緒はばたばたと休憩室を出た。桂は廊下まで出てきて、声をかけてくれた。

「安全運転で行ってくださいね！」

「はーい、ありがとう！」

ドアを開けると、雨の匂いがした。

日陰に残った最後の雪を融かす、春の匂いだった。

千春はすっかり回復して、以前通りに働いているが、ユウは心配そうだった。

ユウはその日も通院のために店を途中で抜け出す千春を見送って、玄関の外まで出ていた。ちょうど入れ違いで昼の配達を終えて戻った雪緒も一緒になって見送った。

それから、店に戻りながら、雪緒は報告した。

「この前桂君が、というかタモツさんが紹介してくれたところに決まりました」

知り合いが独立して作った会社とタモツからは聞いていたが、より正確には前社長が夜逃げして前の会社が潰れた時に有志で作った会社だった。

面接で会った社長は、雪緒の経歴を面白がり、タモツについて褒め言葉のような愚痴のような言葉を口にし、最終的には雪緒の開発したくま弁のアプリを見て、採用を決めてくれた。

「えっ、決まったの⁉　それはおめでとう！」

「ありがとうございます。新しいバイトの人、決まりました？」

「そうそう、昨日面接した人にお願いしようと思っていて、雪緒さんの予定も確認したかったんだ！」

「そうなんですか？　よかった！　私、できれば来月からと言われていて……」

ほっとして、雪緒は色々とユウに報告した。ユウからは引き継ぎを頼まれて快諾し、早速来週から来るという新しいバイトのことを考え、マニュアルを作った方がいいのかなと考えたりした。そう、たとえばお品書きをどうしたらいいだろうか。あれは雪緒が勝手にやっていたことだが、新しいバイトにも仕事として教えるべきなのだろうか。それとも、そこは本人に任せるのか？　考えることは色々ある。

そして、ユウは厨房に、雪緒は廊下を通って休憩室に入った。今日は夜の配達の前に一度帰るつもりだ。着替えるつもりで休憩室の襖を開け――そこで、見慣れないものを見つけた。

それはちゃぶ台そばの畳の上に置かれた、冊子だった。

こんなところにノートがある、と思って手に取ってみた。A5サイズで、ちょうど電話注文を受け付けるメモと同じ大きさだった。ひっくり返すと表に書かれていたのは、『母子健康手帳』という名称だった。

母子手帳。

当然、雪緒のものではない。雪緒は咄嗟にひっくり返して裏にしたが、表に書かれた名前欄は目に入ってしまった。

名前欄には、大上千春とあった。

思い返してみれば、数ヶ月前に入院するほど体調を崩して、今も定期的に通院している。勿論、大病をして経過観察のため通院している可能性もあったわけだが——。

雪緒は千春の様子を思い浮かべる。最近は、別に変わったことはなかったように思う。見た目も変わらない……いや、思い返すと私服はゆったりしたものが多かったかもしれないが。

「え。休憩室に忘れたって？」

ユウがスマートフォンで通話しながら、部屋に入ってきた。

彼はちゃぶ台の辺りを見て、それからそばに膝立ちになっている雪緒を見やった。

札幌市の母子手帳は大きめサイズだったので、見間違えようもなかった。

「あ」

雪緒が母子手帳を持っているのを見て、ユウの口から声が漏れた。雪緒の口はぽかんと開かれたまま言葉を失っていた。

『もしもし？　どうかした？』

千春の声だけが、ユウの持つスマートフォンから聞こえていた。

夜の配達の後、ユウと千春は休憩室で事の経緯を雪緒に話してくれた。

「つわりが酷いなとは思ってたんだけど、そのうち全然水分摂れなくなって……病院で相談したら、検査してくれて、入院しましょうって」

千春がそう説明してくれた。まだ中期なので、そこまでおなかは目立たないようだ。少し言いにくそうにしているのは、雪緒に黙っていたという負い目があるからだろう。

「心配させたら悪いなあと思って、雪緒さんには言ってなかったんだ。ごめんね」

「いえ、そんな……」

今日も定期検診だったが、荷物の整理をしているうちに母子手帳を鞄から出したきりしまい忘れて、そのまま出かけてしまったらしい。途中で母子手帳を忘れたことに気付いて、慌ててユウに電話したのだ。

「でも、本当にもう大丈夫だからね！　体調も良いし、吐いちゃうのも治まったし。体重も少しずつ増えてきているから」

「それなら良かったです……おめでとうございます。楽しみですね」

入院した時、ユウは随分心配したことだろう。千春も不安だっただろう。

だが、今千春は言葉通り元気そうで、それが何より嬉しかった。

「ありがとう！　安定期に入ったし、できるだけ働こうと思ってるんだ」

ちら、とユウが千春を見やった。心配しているようだ。身重でどれだけ動けるかは人によるだろうが、千春が入院していたことを考えると、心配してしまうユウの気持ちもわかる。彼は弁当屋の店主である以前に千春の夫で胎児の親なのだ。

雪緒も心配だった。確かにここ最近は元気そうではあったが、雪緒に心配をかけないよう、無理をしていたのかもしれない。

「あの、予定日はいつですか？」

問われて、千春は朗らかな笑顔で答えた。

「十一月頭だよ」

まだあまり膨らんでいないおなかを撫でる優しい動きに、雪緒はふと心を動かされた。

千春とユウは雪緒の恩人だ。一緒に働くことができて嬉しかった。条件が整えば、このままここで働き続けたいと思える場所だった。

「十一月……千春さんはその前後でしばらく働けなくなると思うんですが、その間はバイトの方を入れるんですか？」

千春は答えにくそうに言った。

「まだ先だからねえ……あ、でも、こっちのことは心配しなくていいんだよ」

「雪緒さんは就職先見つかったんだし、頑張ってね」

千春もユウも口々にそう言う。

雪緒は、はい、と答えた。答えたが、頭ではまた別のことを考えていた。


雪緒の提案を耳にした時、千春は引きつった表情で、えっと聞き返した。ユウは、悪い予想が当たったみたいな顔をしていた。

母子手帳を畳の上で見つけた三日後、雪緒はユウと千春を捕まえてある提案をした。

雪緒が夜はくま弁にバイトとして入る、というものだ。

配達のバイトは雇うことが決まったが、数ヶ月後には千春が出産のためしばらく休むことになるだろう。その時にユウだけで店を回すのは大変だ。短期間になるから、バイトも良い人が見つかるかはわからない。熊野が助っ人に入るにしても、彼には腰痛の持病があって、あまり連日無理はさせられない――という状況を考えると、自分が入るのがいいんじゃないか、と雪緒は考えたのだ。

だが、雪緒の説明を聞いて、ユウも千春も渋い表情だ。

千春が雪緒を気遣って言った。

「雪緒さんはもう就職先が決まってるし、それは無理じゃない？」

「実はもう相談していて、研修期間は無理ですが、その後はリモートでも良いと言われました。夜に時間を作って、こちらで忙しい時間帯だけでもバイトできます」

「でも、雪緒さんは宅配のスタッフだったわけだから、千春さんが抜ける分をカバーするとなると、一から勉強してもらうことに……」

「ですから、そこは千春さんが出産するまでに猶予があるので、その間に覚えます。千春さんの代わりはできませんが、少しでも穴埋めできればと……」

千春もユウもかなり渋った。雪緒も転職したてで慣れないこともあるだろうに、その上ダブルワークというのはかなり無理があるように見えたのだろう。再就職先の方もどうなるかはわからない。何しろ納期前など、ハードワークになる時はなるのだ。とはいえ長期に亘ってダブルワークを続けるつもりもなく、つまりはこの一時期だけしのげればなんとかなる。諸々のことがうまく働けば、乗り越えられるだろうと思うのだ。

端で聞いていた熊野の言葉が、決定的となった。

「まあ、とりあえずやってみたらどうだ？　もし無理だったら、俺とか、竜ヶ崎君とか、あと黒川さんとかも手伝ってくれるだろうし、なんとかなるだろ」

竜ヶ崎も熊野の身内としてこれまでに何度か手伝ってくれているが、黒川は客だ。それでも確かに黒川辺りは手伝ってくれるだろう。

結局、雪緒の提案は受け入れられた。

会社からの帰り道、雪緒は若い夫婦とすれ違った。ベビーカーの中に収まった小さな赤ん坊は、手足を突き出し、振り回し、大きなあくびをした。

最寄り駅からくま弁へ向かって歩きながら、雪緒は考える。今の子は何歳くらいだったかな。一歳くらいか。

千春はもう出産予定日を過ぎて、いつ生まれてもおかしくない。きっとユウも気が気でないだろう。

くま弁に近づくと、人が並んでいるのが見えた。まずは列をちゃんとして、近隣の店に迷惑がかからないようにしなければ。雪緒は頭の中で、今日これからやる仕事のリストを確認した。

その時、スマートフォンがぶるると動いた。雪緒はポケットを漁(あさ)って取り出し、メッセージを確認した。

「お疲れ様です。今日、行こうかなと思ってます」

短いメッセージだが、ぽっと胸に小さな炎が灯(とも)ったように思える。

粕井とはメッセージのやりとりを続けている。ささやかなやりとりだが、粕井は以前より素直になった。owl の頃のようでもあり、また違う彼の一面のようでもある。

会うのは久しぶりだ。今日こそ、挙動不審にならないようにしなければ。

「あら、雪緒さん」

「ああ、雪緒さん、こんばんは」

「冷えるねえ」

店に近づくと客たちが声をかけてくれる。雪緒も、こんばんは、冷えますね、お待たせしてすみません、と言葉を返し、玄関から建物に入り、着替えて店に出る。

「お疲れ様です！」

一つにまとめた雪緒の髪が、背中で躍る。

「レジ入りますね」

「うん、お願いします」

ユウがなんとなく気もそぞろな様子でそう答えた。ちらっと彼が壁の時計を確認するのがわかった。あっ、もしかして千春から何か連絡があったのかなと雪緒は思った。こちらまでそわそわしてくる。

それでもさすがにユウは仕事を手抜かりなく進め、素晴らしい色にコロッケを、チキンチーズカツを、重ねシソカツを揚げていく。雪緒はそのぱちぱちという音や匂いに空腹を刺激され、周囲にわからないように唾（つば）を飲み込む。

それからしばらくして、雪緒が弁当四折分の会計を済ませた時、電話が鳴った。

店のではなく、ユウの私用のスマートフォンだ。

なんとなく緊張した声でユウが電話に出る。

「はい……そうです……はいっ、はっ……はい！　ありがとうございます！」

雪緒は思わずレジ打ちの手を止めた。店内の客たちも、ふとユウの方を見た。

皆の視線が集まる中、ユウは熊野に言った。

「ぴょ、病院からで、今分娩（ぶんべん）室に入ったそうです……」

「ええっ⁉　もう生まれたかと思っただろう！」

熊野は呆れ顔で言い、ユウの背中を叩いた。

「それなら、ほら、もう行きなよ。後はやっておくからさ」

「えっ、でも、店終わってから来てほしいと千春さんからは言われてて……」

「千春さんが頑張ってるんだから、行ってやりなよ。店なら心配いらねぇよ。なあ、雪緒さん」

話を振られて、雪緒は微笑んで答えた。

「ええ。こちらは大丈夫ですよ」

そうだ、行け行け、と常連客が騒いだ。

ユウは意を決した様子で、雪緒や、熊野や、客に頭を下げた。

「すみません！」

そして、エプロンを脱ぎながら休憩室に行き、ダウンジャケットを着て戻ってきて、また雪緒たちに頭を下げて、店を飛び出して行った。

その時また電話が鳴ったが、今度は店の電話だ。雪緒が出ると、年を経た人の、少ししわがれた声が聞こえてきた。

「お弁当の宅配をお願いしたいんですけど」

アプリ経由の注文はかなり増えたが、電話注文は今もある。

雪緒は依頼内容を聞き取った。

配達予定時間を告げ、礼を言って電話を切る。

「お弁当の配達です」

「あ！　すまん、伝えてなかったけど、さっき配達中に凍ったとこで滑って転んで手痛めて、今病院行ってんだよ……」

「えっ、じゃあ配達スタッフいないんですか」

「ああ、バンはそこに停めてあるけど――あ、ここはなんとかやっておくから、雪緒さん、行けるか？」

雪緒は驚いた。新しい配達バイトが入って、雪緒はもう何ヶ月もあのバンを運転していない。

でも、もう一度だけ――。

「……はい！」

雪緒は応えて、準備のため休憩室へ向かった。

久しぶりの馴染んだ仕事に、胸はどきどきと高鳴って、まるでデートの前みたいだと一人で笑った。

弁当の会計を終えた客が、店の二階にあるイートインスペースに入っていく。

雪の降る十一月の夜だったが、店は客で賑わい、ユウは忙しそうに働いている。

そこへ、一緒に働く千春がエプロンをつけながら現れた。

「あっ、お疲れ様です、黒川さん」

レジの前にいた黒川に気付いて声をかけるが、黒川は何故か心配そうな顔だ。

「お子さんは？」

「寝てます。隣にいるんですから大丈夫ですよ」

厨房の隣の部屋で、子どもは寝ている。以前休憩室として使っていた部屋だ。今は厨房とは繋げず、プライベートの空間として、主にユウと千春が店にいる時に子どもを寝かせたり、遊ばせたりする部屋として使っている。熊野自身はまだ二階の部屋で寝起きしているが、そのうち下に移ってもいいかなとのことだ。

「それに、起きたら自分で来られますよ」

「頭ではわかってるんだけど、この前まで赤ちゃんだった気がして……」

「わかりますよ～、我が子ながらなんだかあっという間ですもんね」

ユウは揚げたてのエビフライを容器に詰めて、玉子焼きのパックと一緒に千春に渡す。

千春は会計前に尋ねた。

「お味噌汁おつけします？　今日のはじゃがいもとネギです」

「あーっ、つけてください。あと今日も食べていきます。席あるかな？」

「大丈夫ですよ、二階へどうぞ。お味噌汁後でお運びしますね」

「ありがとう」

「こちらこそいつもありがとうございます。そういえば、茜ちゃんの出てる舞台、この前観に行きましたよ。良かったです」

「あーっ、でしょ⁉　凄いよね！　僕もあれびっくりしたもん！　こういうのもあるんだ、って！」

黒川が延々娘と舞台の話をしているのを、ユウは半分呆れ顔で聞いていたが、そこへ自動ドアが開いて、新たな客が入ってくる。

「いらっしゃいませ！」

千春が明るく言って、客を出迎える。新たな客を見て、ユウも朗らかに挨拶した。

「いらっしゃいませ、雪緒さん、粕井さん」

入ってきたのは、数年前までここで働いていた雪緒と、常連の粕井だ。雪緒はいつも通り真面目そうに頭を下げ、黒川にも会釈した。

「お久しぶりですね、雪緒さん、粕井さん！　元気でした？　お疲れ？」

「ご無沙汰してます。仕事立て込んじゃって……でも、やっと終わったところです。粕井さんも助太刀してくれて……」

そう言いながら、雪緒はあくびをかみ殺す。

「会社は順調？　睡眠時間足りてます？」

雪緒は、はは、と笑ってごまかそうとした。

粕井がちょっとむすっとした様子で、口を出した。

「すぐ無理するんですよ、雪緒さんって。睡眠はなんとか取ってるみたいですけど、もうね、佳境だと風呂も洗顔も……」

「そっ、それ言う!?　いや、あっ、今は大丈夫ですからねっ、さっきシャワー浴びて着替えもしたので……」

雪緒が顔を赤くして粕井を止める。粕井は溜息を吐いた。

「まあ、そういうわけなんで、こうしてせめて温かくて美味しいものをと思ってきたんです」

「そうだった……予約していたものをお願いします」

「承ってます」

ユウは答えて、あらかじめ雪緒がアプリ経由で予約していたコロッケ弁当を用意する。りょうおもい南瓜とごろごろベーコンのコロッケ、キタアカリと牛肉のコロッケを一つずつ揚げ始める。粕井が千春に尋ねた。

「私の方は今日予約してないんですけど、まだ何か残ってますか？」

「麻婆豆腐弁当とカレー弁当、焼き鮭弁当がありますよ。あと、玉子焼きがさっき作りたてです」

「あ！　じゃあ焼き鮭と玉子焼きで……炊き込みご飯まだあるなら炊き込みご飯で。あと……雪緒さん、玉子焼き食べる？」

「食べる！　半分こしよう」

「いいよ。じゃあ、玉子焼きは大きい方のパックで。あと味噌汁と……」

「すみません、お味噌汁私もお願いします」

「かしこまりました。お時間十分ほどかかります。お席でお待ちください」

はーい、と雪緒も粕井も応えて、昔からある丸椅子に腰を下ろした。すでに弁当を受け取っていた黒川は、先に二階に上がっていく。

黒川に味噌汁を届けて、戻ってきた千春が、雪緒に尋ねた。

「そういえば、弟さんたち元気？」

「元気ですよ。若菜さんと一緒に甥と姪を連れてよくうちに遊びに来てくれます。そういう時は粕井さんも来てくれて、よく遊んでくれてて。ただ、両親……私の両親が孫可愛さで過干渉になりがちっぽくてちょっと心配なんですけど……」

「そうなんだ……」

「緩衝材にならないとなと思ってるんですよね……」

話すうちに弁当が出来上がった。雪緒は呼ばれるのを待てず、そわそわと立ち上がった。空腹を刺激する匂いがしていた。炊き込みご飯にしてもよかったなとその匂いを嗅いで思う。

会計をして弁当を受け取り、二階に向かう。数年前のリフォームで、二階のかつてユウが使っていた部屋が、イートインコーナーになっている。

階段の手前で靴を脱いで上に上がり、角を曲がると、イートインコーナーだ。セルフの水、トレーの返却台があり、その先は小上がりになって、ローテーブルが幾つか並ぶ。そのうちの一つ、奥に置かれたちゃぶ台が空いていた。いや、正確には黒川が先に座っていたのだが、ちゃぶ台の広さの割に彼しかいなかったため、手招かれたのだ。他のテーブルは埋まっている。平日なので仕事帰りの人が多いが、時間帯と立地のため、飲んだ後で軽く、という人もいる。雪緒は座布団に座って落ち着くと、ちゃぶ台をそっと撫でた。それは、あのかつての休憩室に置かれていたちゃぶ台だった。

きっと何十年も料理を載せてきたこの木の天板は、今もここで、新しい、出来たての料理を載せ続けているのだ。

雪緒は嬉しくなって、ちゃぶ台の小さな傷を見つけてはつついていた。

すぐに千春が味噌汁を運んでくれた。

「お待たせしました〜、ごゆっくりどうぞ」

蓋の上には、お品書きが置かれている。配達用だけではなく、すべての弁当に添えるようになったのだ。枚数が増えるから印刷になったが、そこには可愛らしいイラストも一緒に載っている。新しく入った配達スタッフは絵が得意だと聞いている。コロッケ弁当に添えられているのは、コロッケ弁当を図解した絵だった。この前初雪が降ったからか、雪だるまの判子も捺してある。四季折々の判子は前に働いていたスタッフが作って置いていったと聞いている。雪緒はお品書きを見つめて笑みを零す。少しずつ形やシステムを変えて、あれから何年も経ったのに、今も残っている。伝えようとしていることは変わらない。弁当の特徴、食材の産地、店のこだわり、それからお客様への気遣い、労り。

　雪緒もそういうものを作りたい。誰かの仕事の成果を、思いを、お客様に届ける手助けをしたい。うまくいかないことも、どうにもならないことも、自信を失うこともあるが、なんとかそこに辿り着きたくて、もがいている。

　時にはそういう思いを見失うこともある。

　でもそういう時は、このくま弁のお品書きが、雪緒に最初の願いを思い出させてくれる。雪緒の仕事を、思いを、その時々のスタッフが引き継いで、また新たな仕事の成果と思いとともに引き継いできたのが、このお品書きだから。

　雪緒はふと壁の柱時計を見た。二十二時半。結構遅い時間だが、コロッケを注文してしまった……。

「でも美味しいんだよなあ……」

　ソースをかけながら思わず呟くと、意味を察して黒川と粕井が笑った。

　箸でコロッケを口に運ぶ。ソースが染みた衣のざくっとした歯触りの後、熱い中身が飛び出してくる。ほくほくの芋と、挽肉というよりはごろごろとやや存在感のある牛肉、よく炒めて甘みが出たみじん切りのタマネギ。
　美味しい。
　一口目は熱さを恐れて慎重になってしまったから、二口目はもっと思い切りよく――。
結構大きめなのに、結局三口で食べてしまった。ごはんも口の中でもちもちと美味しい。
弁当が出来た時には一瞬炊き込みご飯にしておけば……と思ったが、コロッケのソース
には白米が合うのでこれはこれで正解だったなと思う。じゃがいもの味噌汁はどこか懐
かしい。
　こういう日は、やはりイートインが良い。持ち帰りも、配達も、イートインも出来る
ようになって、利用頻度が上がってしまった。
　空腹に、絞り尽くして疲れ切った頭と身体に、コロッケやごはんや味噌汁が流れ込ん
で、染みこんでいく。元気になっていくのだ。また生まれ変わるみたいに。
　豊水すすきの駅から徒歩五分。
　くま弁は、今日もそこで営業中だ。

本書は書き下ろしです。
この作品はフィクションです。実在の人物、団体等とは一切関係ありません。

弁当屋さんのおもてなし

しあわせ宅配篇4

喜多みどり

令和4年 4月25日　初版発行

発行者●青柳昌行

発行●株式会社KADOKAWA
〒102-8177　東京都千代田区富士見2-13-3
電話　0570-002-301（ナビダイヤル）

角川文庫 23157

印刷所●株式会社暁印刷
製本所●本間製本株式会社

表紙画●和田三造

●お問い合わせ
https://www.kadokawa.co.jp/（「お問い合わせ」へお進みください）
※内容によっては、お答えできない場合があります。
※サポートは日本国内のみとさせていただきます。
※Japanese text only

ISBN 978-4-04-112487-1　C0193

◇◇◇

角川文庫発刊に際して

角川源義

第二次世界大戦の敗北は、軍事力の敗北であった以上に、私たちの若い文化力の敗退であった。私たちの文化が戦争に対して如何に無力であり、単なるあだ花に過ぎなかったかを、私たちは身を以て体験し痛感した。西洋近代文化の摂取にとって、明治以後八十年の歳月は決して短かすぎたとは言えない。にもかかわらず、近代文化の伝統を確立し、自由な批判と柔軟な良識に富む文化層として自らを形成することに私たちは失敗して来た。そしてこれは、各層への文化の普及滲透を任務とする出版人の責任でもあった。

一九四五年以来、私たちは再び振出しに戻り、第一歩から踏み出すことを余儀なくされた。これは大きな不幸ではあるが、反面、これまでの混沌・未熟・歪曲の中にあった我が国の文化に秩序と確たる基礎を齎らすためには絶好の機会でもある。角川書店は、このような祖国の文化的危機にあたり、微力をも顧みず再建の礎石たるべき抱負と決意とをもって出発したが、ここに創立以来の念願を果すべく角川文庫を発刊する。これまで刊行されたあらゆる全集叢書文庫類の長所と短所とを検討し、古今東西の不朽の典籍を、良心的編集のもとに、廉価に、そして書架にふさわしい美本として、多くのひとびとに提供しようとする。しかし私たちは徒らに百科全書的な知識のジレッタントを作ることを目的とせず、あくまで祖国の文化に秩序と再建への道を示し、この文庫を角川書店の栄ある事業として、今後永久に継続発展せしめ、学芸と教養との殿堂として大成せんことを期したい。多くの読書子の愛情ある忠言と支持とによって、この希望と抱負とを完遂せしめられんことを願う。

一九四九年五月三日